U1019498

大鱼

有爱的青春陪伴者

同学请听好

Listen to me, please

爱夏 著

花山文艺出版社
河北·石家庄

图书在版编目(CIP)数据

同学请听好 / 爱夏著. -- 石家庄 : 花山文艺出版社, 2021.9
ISBN 978-7-5511-5716-2

Ⅰ. ①同… Ⅱ. ①爱… Ⅲ. ①长篇小说－中国－当代
Ⅳ. ①I247.5

中国版本图书馆CIP数据核字(2021)第078606号

书　　名：同学请听好
TONGXUE QING TINGHAO
著　　者：爱　夏
统筹策划：张采鑫
特约编辑：伍　利　张　磊
责任编辑：郝卫国　张凤奇
美术编辑：胡彤亮
责任校对：于怀新
装帧设计：小茜设计 Miniqian Designstudio/QQ:310094811　cain酱
封面绘制：東夏卿卿
出版发行：花山文艺出版社(邮政编码：050061)
(河北省石家庄市友谊北大街330号)
销售热线：0311-88643221/29/35/26
传　　真：0311-88643225
印　　刷：湖南凌宇纸品有限公司
经　　销：新华书店
开　　本：880×1230　1/32
印　　张：8.5
字　　数：180千字
版　　次：2021年9月第1版
2021年9月第1次印刷
书　　号：ISBN 978-7-5511-5716-2
定　　价：39.80元

目 录

contents

目 录

contents

第一章

/

你给我等着

军训，大一新生的必修课。

操场上，穿着迷彩服的学生整齐地站成若干个方队，入伍不久的新兵教官跟学生年龄差不多，但经历过部队打磨，威势明显高了一截。

“半小时军姿，站好了不许动！”

阳光下，法学院方队中有一个女孩格外显眼，她留着利落的齐肩短发，哪怕风吹日晒了十几天，皮肤依然白皙，明净清亮的大眼睛像海水似的微微泛着蓝光，灵动可爱。

之所以显眼，并不是因为长相，而是因为她隐晦的纠结表情。

晕？今天日头又不毒，站五分钟就晕倒是不是夸张了？

再等会儿？眼见就要来不及……算了，还是抓紧时间吧。

文雅咬了咬牙，学着影视剧里的动作，直直往地上栽去。

“砰！”

一跤摔了个实打实，幸好不是脸朝下，否则以这力度，她可怜的门牙该就地报废了。

“教官，有人晕倒了！”

“文雅，你没事吧？”

安静的方队陷入短暂的混乱。

军训有女生晕倒不稀奇，可是……教官抬眼看看头顶上被云雾层层笼罩着的太阳，这也太蹊跷了。

更蹊跷的还在后面，任凭他又是掐人中，又是冷敷，可女生就像彻底失去了意识，一动不动。

“休克了，赶紧送医务室！”教官不敢耽误，指挥着几个同学七手八脚地把文雅扶上了勤务车。

差不多了吧？

约莫着车子已经开出操场范围，处在“休克”中的文雅突然睁开眼，抬手揉了揉生疼的人中——那教官真是个狠角色，他要再用力掐几下，自己真要憋不住了。

法大有“老带新”传统，派来监督军训的许默是法学院高年级一班班长，他皮肤白皙，一双剑眉不浓不淡，随着脸上的笑容，弯起一道好看的弧度，整个人如春风般温润柔和，又如三月里的阳光，让人感到舒适惬意。

文雅深呼吸，勉强打消跳车开溜的冲动，向许默道：“师哥，我感觉好多了，不用去医务室。”

许默做事认真负责，当即摇头：“你刚刚中暑晕倒，不好好检查一下怎么行。”

“中个暑而已，小事小事。”文雅忽闪着大眼睛，可怜兮兮，“师哥，我从小就怕打针吃药，你让我回宿舍休息休息就好。”

“你故意装晕，躲避军训吧？”许默目光灼灼地盯着文雅，越看越觉得自己应该更自信些，把结尾处的反问号换成句号。

“我这么诚实的孩子，怎么会说谎呢。”演技不足动作来凑，文雅挺直腰板，用气势压倒心虚，“师哥，我就是早上没吃饭血糖有点低，回去喝点糖水，保证比什么药都管用。”

“师哥……”她真要跳车了。

许默是出了名的好脾气，对文雅这种古灵精怪的女生，更是一点儿办法也没有。他无奈道：“好吧，下不为例。”

“师哥放心，绝对没有下次！”

文雅利索地跳下勤务车，突然想到自己还是个“病号”，又连忙慢下来，一副弱柳扶风的样子进了宿舍楼。不过，她并没有上楼，而是悄悄躲在门后，待许默离开，立刻一个箭步冲了出去。

快！

林清怡的讲座快开始了！

林清怡，著名女法官，文雅崇拜了十年的偶像。

林清怡的出现，在文雅小小的心灵里种上了一颗希望的种子。从遇到对方的那天起，文雅就立志要考上法大，以后成为像林清怡一样的法官。

前些年，林清怡时常会来法大开设讲座，为学生们答疑解惑，可随着她接管的案子越来越多，这样的机会也变得越来越少，错过了这次，下一次不知道还要等多久。

文雅很兴奋，然而军训期间有硬性规定：任何人不许请假。

只要思想不滑坡，办法总比困难多。

“等等！”文雅只顾着躲避许默，这会儿才后知后觉地意识到一个重要问题——

往哪儿走？

法大校园很大，这会儿学生不是在上课就是在军训，路上空无一人，文雅跑了好长一段路，好不容易看到一个人影，连追带喊地迎上去：“同学，请问报告厅怎么走？”

“不好意思，我也是刚来的。”女生不好意思地摸了摸鼻子，反问道，“你知道科技楼在哪里吗？”

“……”

两人互换了一个尴尬又不失礼貌的笑容，擦肩而过。

这时，三岔路口，一道白色身影骑着自行车从文雅身侧经过。

“等一下……”文雅三步并两步拦住去路，“同学……”

“有事？”单车停了下来。

骑单车的男生穿着白色棒球服、破洞牛仔裤，五官精致，两道浓眉微挑，深沉的黑眸带着几分孩子气的玩味，却也有种说不出的淡泊疏离，他定睛看着文雅，薄唇微微勾起，露出一抹慵懒的笑意。

文雅的声音微不可见地停顿了一下，她很快反应过来：“请问图书馆报告厅怎么走？”

陆逸寒长腿支地，单手握着车把，因为身高优势，坐在单车上也很轻松地居高临下："你要去听林清怡的讲座？"

不知道是不是错觉，文雅总觉得听到"林清怡"三个字时，对方眼中有某种复杂情绪闪过，类似于……嫌弃？但为了快点问到路，她还是如实点头道："是。"

陆逸寒喉结微动，抬手往前一指："顺着这条路走到头，左拐过一个路口，再往右差不多五百米就到了。"

"谢谢。"终于问到路，文雅甜甜地道了谢，快步走了。

看着渐行渐远的娇小背影，陆逸寒微微勾了勾嘴角，骑着车子离开了。

文雅按着陆逸寒的指引左转右转，如愿来到了……大门口。

"大哥，请问报告厅怎么走？"文雅脑子再不好使也明白路不对，只好向保安求助。

"你说的是图书馆那边的报告厅？"保安大哥眼睛里充满了疑惑，摇头道，"你走反了，这是西门，图书馆在东门那边。"

南辕北辙，文雅猛地反应过来，自己被坑了。

"该死的家伙，最好别让我再看见你！"无冤无仇这么坑她，果然是人不可貌相。

"咕噜……咕噜……"跑了一上午，肠胃齐齐抗议了。

左右讲座也听不上了，吃饭去吧。

法大西门外有一条美食街，附近几个学校的学生都喜欢来这边吃东西，街上人挤人，十分热闹。文雅一直往里走，去找她最喜欢吃的里脊肉饼。

“你这姑娘走路不长眼啊，好好一盘驴打滚，全给我打翻了！”

文雅微微蹙眉，顺着嘈杂声往前走了几步，只见出口附近，推三轮车卖点心的小贩正在气呼呼地数落一个扎着马尾辫的女孩。

那女孩十八九岁，穿着洗得掉色的牛仔裤和格子衬衫，左手拖着半旧的黑色行李箱，箱子上还搁着个大大的帆布袋，估计是哪个学校的新生。

女孩怯怯的，连头也不敢抬，连连道歉：“对不起，都怪我不小心，大哥，您看这些点心多少钱，我赔给您。”

小贩等的就是这句话，他眼珠滴溜溜一转：“我大清早起来就做了这么点，全被你给弄坏了，我也不多要你的，三十斤，一斤二十块钱，你给哥六百块钱，这事就算了！”

见小贩狮子大开口，女孩急得都快哭了：“大哥，我是从外地来上大学的学生，真没那么多钱，您看能不能少赔点？”

“怎么，你想耍赖啊！”柿子捡软的捏，小贩眼睛一瞪，态度更加蛮横，“六百块，一分都不能少。今儿个你要是不赔钱，我就打电话让警察来评评理。”

文雅最看不惯恃强凌弱的人，忍不住从人群中冲出来，冷斥道：“这点驴打滚顶天就十斤，你天天卖东西不可能没数。还有，这牌子上明明写着八块钱一斤，怎么转眼就翻了好几倍，你这种行为，往小了说是坐地起价、扰乱市场经济秩序，往大了说，就是公然触犯刑法，是要追究刑事责任的。”

那小贩上下打量了文雅一圈，丝毫不把她一个小姑娘放在眼里，不屑地嗤道：“犯法？你当我从小是被吓大的？”

被小贩挑衅，文雅正想着怎样反驳，一道沉稳的男声却比她更早一步开口：“《中华人民共和国刑法》第二百七十四条规定，敲诈勒索公私财物，数额较大或者多次敲诈勒索的，处三年以下有期徒刑、拘役或管制。你刚才说的话我都录音了，现场照片也拍了，证据确凿。”

来人说话声音并不大，却胜在有理有据，一时之间，所有人都安静下来。

是他！

文雅脸上的笑容瞬间消散得无影无踪。

那个故意指错路的家伙，居然还敢在她面前出现！

“而且，你非法占道经营，这一点，就该处六百元到一千元罚金，且没收经营工具。”陆逸寒看了文雅一眼，似笑非笑的目光很快定格在那小贩身上，“巧了，这片区域城管局局长刚好是我舅舅，你如果没听明白，我不介意浪费两毛钱电话费，让他亲自跟你说。”

文雅很想冲上去暴揍陆逸寒一顿，但这会儿显然是一致对外的时候，她只能暂时忍住私怨，应和道：“是啊，我怎么忘了罚钱这回事，多谢提醒。”

“你们不要太过分！”看陆逸寒的穿着打扮和气质谈吐，一看就不好惹，小贩没想到碰上了硬碴儿，气势顿时软了大半，避重就轻道，“她打翻了我的东西是事实，就算说到天边去也要赔钱！”

“我们有说不赔吗？”文雅稍稍斟酌，继续道，“一斤八块，照十斤算，八十块多一毛都没有。你如果不愿意，那就报警好了，至于警察先罚你还是先罚她，我就不知道了。”

那些驴打滚十二三斤还是有的，之所以往少了说，是为了给那小贩一个教训，谁让他心术不正讹人在先。

小贩或许不懂刑法，但占道经营被抓罚多少钱却再清楚不过，哪里还敢得寸进尺，没好气道：“行了行了，算我倒霉，给钱。”

“好好好，我这就给你。”女孩一刻也不敢耽搁，生怕小贩再反悔。

文雅拦过女孩递钱的手，向小贩道：“拿三个袋子，我要打包。”

她看到驴打滚上面覆着保鲜膜，又是整盘扣下去的，除了边角几个，其他的最多就是摔变形，不影响食用。

小贩巴不得让这位难缠的姑奶奶赶紧走，自然不会吝啬几个袋子。文雅倒是不着急，慢条斯理地打包好，然后将所有点心塞到陆逸寒手里。

“八十。”

军训前，所有新生的手机都被教官收走了，文雅出来得匆忙，兜里只有几块钱零钱，至于那女孩，一看经济就比较拮据，八十块钱很可能是她几天的伙食费，相比之下，还是“讹”陆逸寒比较靠谱。

就当报仇了。

陆逸寒微微勾了勾唇："这年头路见不平，还要掏钱？"

"别人我不知道，你嘛……"文雅笑得狡黠，"巧了。"

"不用，真的不用。"女孩连忙上前阻拦。

陆逸寒没有理会女孩，继续跟文雅对视："敲诈？"

"怎么会呢。"文雅抬眸，对上那双似笑非笑的深眸，好声好气地解释，"好人做到底嘛，我一个女孩子又不需要英雄救美的美名，送你了。"

"这么说，我还得谢谢你？"陆逸寒笑了。

胡搅蛮缠的人见多了，但这么理直气壮的，还是头一回见。物以类聚，喜欢林清怡的，果然都不是什么正常人。

"客气。"文雅环顾四周，见许多女生的目光都齐齐落到陆逸寒身上，脸上的笑意更多了几分，眨眨眼，"看到了吧，这不叫敲诈，叫骑虎难下。英雄，付钱吧。"

不怪那么多女生都被眼前这家伙吸引，他的确很帅，两人离得那么近，她都没能在他那张白皙的脸上找到一点儿瑕疵，皮肤好得让她这个女孩子都羡慕嫉妒恨。

但是，文雅是有原则的花痴，这种"品行卑劣"的人，就算再好看十倍，她也不会有好感。

陆逸寒跟文雅对视几秒，突然眸光一闪，像是想到了什么，痛快点头道："好。"

看着陆逸寒脸上的痞笑，文雅总觉得自己被算计了，但也顾不得多想，把钱递给小贩后，又折返回来："友情提醒，敲诈勒索罪在刑法二百七十三条，不是二百七十四，以后别说错了，你自己没面子无所谓，给法大丢人就不好了，是不是？"

"是吗？"陆逸寒从小在法律书堆里长大，绝对不会把这种常见条文记错。

所以，他并没有怀疑自己，而是怀疑文雅这一本正经胡说八道的自信是从哪儿来的。

"当然，不信你可以用手机查查。"说完这话，文雅似乎有些后悔，赶紧摇头道，"算了，等没人的时候再查，省得你面子上过不去。"

"你还真是……"

陆逸寒话还没说完，就被文雅打断："你什么你，别以为偶尔良心发现一次，就能把害我错过讲座的事抵消掉，以后别在我面前出现，否则我见一次打你一次！"

"就你？"陆逸寒不知该气还是该笑。

长这么大第一次有人敢在他面前放这种人身攻击的狠话，还是个矮他二十厘米的女孩。

"不信就走着瞧。"文雅作势握了握拳头，威胁道。

陆逸寒还要说什么，刚刚被小贩勒索的女孩走上前来："谢谢你们，今天要不是有你们帮忙，我真不知道该怎么办了。"

"别客气，我们法律系的就要学以致用，打抱不平，至于他……"文雅翻了个白眼，"他不是什么好人，更不用谢。"

“这位同学，知道恶意诽谤、诋毁他人声誉是什么罪名吗？”

文雅又不是理亏的小贩，怎么可能被陆逸寒三言两语唬住，立刻针锋相对道：“你也说了是恶意诋毁。我说的每一个字都是在实事求是的基础之上，你敢说刚刚不是故意指错路？”

如果他不熟悉路，绝不会指到正相反的方向。

不等陆逸寒回应，文雅又补充道：“你不喜欢林法官，对她有很深的偏见。”她想明白后，这会儿说起来一针见血，“每个人都有喜恶，旁人无权干涉，可随意迁怒别人就足以证明人品，不是吗？”

看着认真的文雅，陆逸寒心里没来由地有些内疚，想要解释两句，文雅已经不搭理他，转头冲女孩笑笑：“你是哪个学校的，我帮你把东西送过去。”

“我叫顾曼漓，是法大管理系市场营销专业大一新生。”顾曼漓感激地朝文雅和陆逸寒鞠了个躬，摇头道，“不用麻烦你，我自己可以的。”

“我也是法大的，以后咱们就是同学了，不要这么客气。”文雅笑盈盈回了一句，又有些疑惑道，“军训都开始了，你怎么才来？”

听到文雅的话，顾曼漓有些不好意思地垂下头，小声道：“我……这几天家里有些事，耽搁了。”

“原来是这样。”文雅不便多问，单手拎起帆布袋，热情地在前面引路，“走吧，我带你去宿舍。”

顾曼漓感激不尽，连忙跟上：“谢谢，今天多亏了你俩，要不然，我真不知道该怎么办了。”

“举手之劳而已，不用客气。”文雅性子爽朗，疾恶如仇，想到刚才的事，依旧气得眼冒金星，“以后再遇到这种欺软怕硬的人，一定要硬气些，你越害怕，他就越蹬鼻子上脸。”

顾曼漓点点头：“嗯。”

文雅又问：“你一个女孩子人生地不熟的，怎么不让家人陪你来报到？”

“家里正是农忙的时候，走不开人。”顾曼漓羞涩的笑容里有一丝窘迫，倒也很快淡然，“没关系，我一个人可以的。”

一张车票两百多，爸爸说把那钱省下来给她做生活费。

看着顾曼漓的神情，文雅有些后悔问这样的问题，笑呵呵地把话岔开：“没事，慢慢就熟悉了。我叫文雅，以后咱俩就是朋友了，有事尽管来找我。”

“谢谢。”顾曼漓满心感激，甜甜地笑了。

文雅只顾着帮顾曼漓搬东西，完全忘了自己是装晕逃出来的，等反应过来，人已经大摇大摆地从军训队伍前走过去了。

教官当然不瞎，所以……

在烈日下罚站了两个小时军姿，文雅真的要晕了。

“师哥，我知道错了，你就看在我见义勇为，给咱们法学院争光的分上，饶我这一次吧。”

她只逃了一小时，现在已经站了两小时，也算付出双倍代价了。

许默没有真生气，但为了让文雅长长记性，故意板了脸："不以规矩，不能成方圆。你是学法律的，这句话还要我教？"

"是是是，我记住了，保证到死都不忘。"文雅求生欲极强，知错就改，绝不反驳一句。

"真不知道该怎么说你。"许默无奈地摇了摇头，递过来一瓶剪开的藿香正气水，"喝了，别中暑。"

文雅最不喜欢正气水的味道，全身每个毛孔都在抗拒："不用不用，我这么身强体壮的人，怎么会中暑呢！"

"喝了。"许默语气坚决，不容反驳。

"好吧好吧。"文雅皱着眉一饮而尽，整个五官恨不得拧到一起去，但还是追加了一句，"学长，你说话的语气简直跟我姐姐一模一样。"

"你还有个姐姐？"许默疑惑道，这个年纪大多是独生子女才对。

提起姐姐，文雅大大的眼睛里全是骄傲："是啊，我姐姐是刑警，又酷又飒。"

做刑警是许默一直以来的梦想，只是阴错阳差才学了法律。听到这话，他眼神中满是向往："做刑警的女孩子，了不起。"

"她那么彪悍，没人敢把她当女孩子。"文雅小嘴一瘪，弱小无助又可怜，"师哥，我真的好饿，你就饶了我这一次吧，我保证……"

"好了。"许默就是为了给文雅立个规矩，没想多难为她，点头道，"走吧，下不为例。"

“谢谢师哥，你是全世界最好的师哥！”文雅脚底抹油，一路往食堂奔去。

“土豆炖牛腩、辣子鸡丁、菠菜粉条，再来一条鱼……”饿了一上午，文雅看什么都想吃，没一会儿，大大小小的盘子就把托盘放了个满满当当。

“谢谢阿姨。”文雅端起托盘，欢欢喜喜地准备去找位置，刚走两步，就被一道白色人墙拦住了去路。

陆逸寒的目光从餐盘上扫过，毫不掩饰眼中的嫌弃：“一个女孩子吃这么多。”

“又没花你的钱，管得着吗？”文雅绕过陆逸寒，权当他是空气。

陆逸寒怎么会让文雅轻易离开，他侧了侧身，继续挡住。

文雅白眼都快翻到天上去了：“干什么，想打劫？”

“猜对了。”陆逸寒点点头，然后，文雅就眼睁睁看着放在餐盘上的饭卡被他拿了去。

“喂，你要干什么？”

文雅想抢回饭卡，无奈根本腾不出手来，只能端着餐盘紧跟在他身后。

一路到了窗口，陆逸寒对食堂阿姨笑笑：“阿姨，好久不见了。”

“小寒回来了。”看到陆逸寒，食堂阿姨眼睛笑开了花，“有日子没看见你了，又出去比赛了？”

“是，今天才回来。”陆逸寒笑笑，“哪里的饭都没咱学校食堂的好吃，我在外面天天惦记着。”

“阿姨给你多盛点儿，可得吃饱了。”

嘁！

文雅斜了陆逸寒一眼，对这种拍马屁行为表示不屑。

“谢谢阿姨。”陆逸寒扬了扬手里的饭卡，嘴角的得意压都压不住，“四喜丸子、酱牛肉、粉蒸排骨，扬州炒饭也来一份，还有酸奶……”

“喂！”

文雅来不及阻拦，眼睁睁看着自己的饭卡瞬间被刷没了八十多块。

她的钱！都是她的钱！

“你凭什么刷我的卡？”文雅气得两眼一抹黑，恨不得抬脚把陆逸寒踹飞。

“我这周的生活费全被你给了那个小贩，现在没钱吃饭，只能找你蹭饭了。”陆逸寒显然早有预谋，这会儿说起来也理直气壮，催促道，“发什么愣，还不赶紧帮忙端菜。”

“你……”

冷静，冷静。

文雅暗暗深呼吸，生怕自己一个冲动把手上的餐盘扣到陆逸寒头上。

陆逸寒计划得逞，得意地扬了扬眉：“走了。”

“喂，把饭卡还我。”文雅伸手想抢回自己的饭卡。

陆逸寒仗着身高胳膊长的优势，先一步把饭卡装进口袋：“还你，我晚上吃什么？”

怎么，这家伙是讹上她了？

文雅把筷子往桌上重重一搁，放下狠话：“马上把饭卡还给我，否则我就喊保安了。”

“不还。”陆逸寒弱小可怜又无助，偏偏脸皮比城墙还厚，他不仅紧紧攥住饭卡，还把餐盘往自己身边拖了拖。

“你是哪个系的，我……我要找你们辅导员投诉去！”

“这个嘛……”陆逸寒一脸玩味地看着文雅，“我也不记得了，等我想起来再告诉你。”

“你……”

陆逸寒吃饭速度很快，几句话的工夫，桌上的菜已经少了一半，而且，还在继续以肉眼可见的速度减少。

再不吃就只能喝菜汤了。

刷爆了卡还吃不上饭，那不是亏大了。这样想着，文雅赶紧把桌上仅剩的几块牛腩一股脑倒到自己碗里。

陆逸寒有样学样，把鱼和排骨全部夹进自己盘子里。

“吃吃吃，噎死你。”文雅准备拍桌子走人，又实在咽不下这口气，悄悄抬脚朝陆逸寒踢去。

陆逸寒好巧不巧地挪了个位置，文雅扑空，一脚踢在椅子架上，疼得龇牙咧嘴。

“哎，可怜的椅子。”陆逸寒埋头偷笑，故作无奈地调侃道。

“你……”文雅气得被自己的口水呛住，忍不住一阵咳嗽，“你给我等着，咱俩没完！”

“随时恭候。”

“啊……”脚好疼。

陆逸寒看文雅痛苦的表情不像装的，嬉皮笑脸的模样收敛了几分：“需要我送你回去吗？”

“不用！”文雅恶狠狠地瞪了陆逸寒一眼，一蹦一跳地走了。

法大的学生宿舍是标准四人间，等文雅一瘸一拐地回到宿舍时，早已洗漱完毕的三个室友正躺在床上开“卧谈会”。

“你们俩夸张得有点儿过分了吧？”李如轻轻按着脸上的面膜，对其他两个室友的花痴行为不敢苟同。

“我真的一点儿都没夸张，迎新生那天听帮我提行李的师姐说，他不仅是许多女生的暗恋对象，也是男生的学习标杆，就连食堂打饭的大叔大妈见了他都高兴得不得了，简直是男女老少通吃。”沈月凝是个很文静的女孩子，但讨论起八卦来，积极性丝毫不比其他人弱。

汪旭激动得连薯片也顾不上吃，忙补充道：“都说陆师哥不仅英俊潇洒风趣幽默，而且一手沙画画得栩栩如生，去年迎新晚会，他在古典音乐的伴奏下画了一个完整的童话故事，结束后大家都排着队去跟他要微信……”

“停停停，你们在说谁呢？”什么传奇人物，怎么感觉比人民币还厉害？

“你的脚怎么了？”李如发现文雅走路有点不对劲，关心道。

“没事儿，不小心撞到台阶上了。”想到陆逸寒那个痞子，文雅就气得牙痒痒，也不想多说什么，继续追问，“你们在说谁呢？”

李如双手一摊：“据说法律二班的陆逸寒师哥回学校了，这俩花痴都等着一睹真容呢。”

被人说成花痴，沈月凝并不生气，撇嘴道：“嘁，只有我们俩激动吗，你敢说你对陆逸寒没有好奇心？”

对这些情窦初开的少女来说，“帅哥”简直就是黑洞般的存在，一旦被吸引就会越陷越深，无法自拔。

“还真没有。”李如揭下面膜，不以为意地笑笑，“这个陆逸寒是圆是扁，是帅是丑，我完全不感兴趣。”

听到李如的话，文雅轻咳一声，抿嘴调侃：“是啊，某些同学只对许默师哥感兴趣，其他的一个都看不入眼。”

“我……”猝不及防地被戳中心事，李如瞬间羞红了脸，连说话都有些结巴，“你胡说八道什么。”

“到底是我胡说八道，还是某些人口是心非呢？”文雅忍住笑，假装严肃道，“我听说许默师哥跟你一样也是宁城二中出来的，你该不会在高中的时候就喜欢师哥，然后一路追到法大来吧？”

“我才没有！”李如没想到文雅三言两语就猜到了真相，瞬间羞红了脸，嘴上却死咬着牙不承认。

“好好好，你没有，是我想多了。”文雅轻叹一声，“我好不容易厚着脸皮要来了师哥的微信号，看来某些人不需要喽。”

“微信号？”李如眼眸豁然一亮。

“是呀。”文雅没有再卖关子，直接把号码给李如推送过去。

暗恋真的是这世上最难受的事，她也只能帮到这里，至于要不要勇敢迈出那一步，就要李如自己决定了。

李如看着手机屏幕里的微信号，陷入沉默。

她不是没机会要到许默的联系方式，只是每次鼓足勇气靠近他，都会紧张得不知道说什么才好，只能暗暗骂自己没出息。

这大概也是“近乡情怯”的一种吧。

每个人都有自己的心事，卧谈会告一段落后，李如躺在床上辗转难眠，下铺的文雅也没睡，而是从枕头下摸出一把小小的天蓝色水枪。水枪的款式有些老，一看就是很多年前的东西，但外观依旧光洁如新，就连包着水枪的丝绸手帕都纤尘不染，可见它的主人对它爱惜有加，视若珍宝。

十年前，林清怡法官亲手把这把小水枪递到八岁的文雅手里，她笑得那么温柔：“好孩子，只要你好好努力，长大后肯定会成为比我还优秀的大法官。”

十年后，文雅以全系第一的成绩考入林清怡的母校，她多想拿着玩具水枪走到林清怡面前，亲口告诉林清怡，自己来了。

可还是错过了讲座。

都怪那个该死的家伙！

"怎么就轻轻松松放他走了，应该好好踹他两脚！"想到陆逸寒，文雅就气得牙疼，努力把那张讨厌的脸从脑子里驱逐出去，翻了个身睡了。

宿舍楼熄灯了，法大家属院里，一盏小巧的台灯依旧散发着暖暖的微光，陆逸寒凝神看着手中的水枪，棱角分明的脸上看不出任何表情。

桌上的小相框里，是一张多年前的老照片，照片上，穿着白纱裙的优雅女人抱着一个小小的男孩，眼角眉梢间满是初为人母的喜悦，小男孩亲昵地揽着母亲的脖子，笑得开心满足。

那样的亲昵和依赖，是多久以前的事了？

久得他都想不起来了。

"几步路而已，都不肯回家看看？"陆逸寒勾了勾唇，淡漠的笑容里带着难以言说的苦涩，"我怎么忘了，你原本就是个没有心的人。"

"哐当！"

小水枪被扔进抽屉，仿若一段尘封的记忆，刚刚打开，又被人毫不留情地封了回去。

夜，寂静无声。

第二章

/

有趣的灵魂万里挑一

第二天早上，文雅是被雨声吵醒的，豆大的雨点儿打到窗玻璃上，发出噼里啪啦的响声。

从军训开始，李如就天天祈祷下雨，这会儿愿望达成，她高兴得差点跳起来：“老天有眼，终于可以休息了，我要睡一天，谁都不许喊我起床。”

“美得你。”汪旭没有李如那么乐观，她一边伸懒腰一边忧虑道，“咱们这些教官从来都不按套路出牌，保不准给咱们一人发件雨衣，到操场上站军姿去。”

“不会那么没人性吧！”李如破罐子破摔，四仰八叉地瘫在床上耍赖，“我不管，反正我病得起不来了，哪儿都去不了。”

“不想起，好啊。”文雅装模作样地轻咳一声，调侃道，“看来只能给许默师哥打电话，让他送你去医务室了。”

“许默”两个字就像遥控器，下一秒，李如就像弹簧般从床上弹了起来：“文雅，你少乱来！”

“哎，还不是有些人做贼心虚。”文雅无奈地直摇头，“陷入爱情的女人啊，智商果然都是负数。”

李如抓起抱枕就砸："你这死丫头，看我怎么收拾你！"

"好了好了，都别闹了。"汪旭扬了扬手机，"群里来消息了，让我们带着刑法教材去大自习室。"

"还没开始上课呢，带教材做什么？"沈月凝说出大家的疑惑，"刑法是下学期的课程吧？"

"去了就知道了。"文雅从柜子里翻出一本比《新华字典》还要厚的红色书本，催促道，"下雨路不好走，咱们赶紧出发吧。"

雨下得越来越大，虽然撑着伞，到教学楼时，文雅的连衣裙还是湿了大半，她正准备在门口拧拧滴滴答答淌水的裙摆，却听教室里传来阵阵笑声。

她好奇地向里探了探头，只见一个男生斜倚在桌子上，他周围满满围了一圈人，一群人正热闹地谈论着什么。

文雅微微挑眉，总觉得那背影有些熟悉，不自觉地又上前走了几步。

"师哥，听说你对所有法律条文倒背如流，你是怎么做到的？"一圈人丝毫没发现文雅靠近，热情高涨地继续提问。

"开什么玩笑，同学，你看我长得像人工智能吗？"男生微微摇头，似调侃道，"为什么要背法律条文，没有人规定法官和律师不能翻书嘛！"

"师哥，都说刑法最难学了，你让我们带刑法课本过来，是要给我们传授些学习经验吗？"另一个人继续问道。

“刑法里的许多故事，除了百年一遇就是丧尽天良，要么就是百年一遇的丧尽天良。”男生轻笑一声，补充道，“还有，除了买彩票之外，所有能快速发家致富的办法都写在刑法里了，谁有兴趣可以试试，保证你每年都会出现在老师的反面教案上，永远活在师弟师妹的骂声里。”

在法学院，名垂校史很不容易，想要遗臭万年，办法还是有的。

“师哥，咱们系管逃课管得严吗？”

“咱们系从不反对逃课，毕竟从法律角度来讲，那是你们的自由，但是……”男生轻咳一声，笑呵呵道，“老师扣起学分来也是绝对不会手软的，因为扣分也是他们的自由。”

他说得直白，众人都笑了，文雅也笑了。

想来这就是传说中的陆逸寒了，风趣幽默接地气，就像一个强大的磁场，走到哪里，都能牢牢吸引住周围人的目光。

有趣的灵魂万里挑一，果然不假。

又聊了几句，陆逸寒抬手看了看表：“到时间了，大家回位置上坐好，下次再聊。”

“师哥，能留个联系方式吗？”不知是谁先说了一句，刚要散去的众人又纷纷围了回来。

“能，一会儿我把二维码投到投影仪上，谁都能加。”

众人得到承诺才肯散去，男生含笑转身，正好跟文雅四目相对。

文雅脸上的笑容瞬间僵住。

“是他……”这个毫无道德底线的家伙，竟然是自己的嫡系学长！

法律系这是多久没开思想品德课，才培养出这种无赖？

迎着文雅愤怒的目光，一双白色球鞋缓缓走近，陆逸寒仿佛完全不记得昨天的过节，若无其事地笑笑：“这位同学，你挡住我的路了。”

文雅不是没有分寸的人，绝不会在公众场合泄私怨，正要侧身让路，然而目光落到那双纤尘不染的白球鞋时，她心中微动，然后不假思索地踩了上去。

“哎呀，师哥对不起，真对不起。”文雅认错的态度要多真诚有多真诚，她急得都快哭了，“师哥，我真不是故意踩你的，我这就帮你把鞋擦干净……”

陆逸寒看着那一鞋面的污泥，擦干净？当他瞎呢。

文雅低头在包里找湿巾，顺便掩掉眸中那丝得意的笑容。

有仇报仇的感觉，简直不要太痛快。

可是，文雅很快就笑不出来了。

陆逸寒轻轻勾唇：“不用擦了，一会儿下课，你帮我刷干净就好。”

把别人的鞋踩脏了负责刷干净，跟欠债还钱一样天经地义。

文雅活了十八年，从来没给男人刷过鞋，更何况还是个让她厌恶到爆表的男生。可是就像陆逸寒不能当众黑脸一样，她也不能当众拒绝弥补过失。

她深吸一口气，几乎从牙缝里咬出一个字：“好。”

陆逸寒淡淡一笑，走到讲台前：“书都带了吧？”

“带了，带了。”新生们一半被陆逸寒的美色所惑，一半被他的人格魅力吸引，配合得不得了。

“法律条文一定要记准确，记不准确不能随便胡说八道，否则丢的是咱们法律系所有人的面子。”陆逸寒停顿一下，似乎无意地补充着，“就好比敲诈勒索罪，在刑法第二百七十四条，不是二百七十三。”

嗯？

文雅猛地抬头，随后快速翻阅书本。

她自认为记得清清楚楚，昨天回去后并没有查证，现在一看……果然。

合着绕那么大圈子，就是为了嘲讽她胡说八道？

真是个锱铢必较的家伙！

文雅只觉得好后悔，早知如此，刚刚就该把那家伙两只鞋都踩黑！

“你怎么了？”见文雅的情绪有些不对劲，坐在她旁边的汪旭关切道。

“没事，好好学习。”

原以为上了大学会稍稍轻松些，如今看来，她得加倍努力，在专业课上把陆逸寒远远甩到后面。

她自己丢人事小，但绝对不可以丢林清怡的面子！

一堂自习课在陆逸寒的侃侃而谈以及同学们此起彼伏的笑声中度过。正如传言那般，大多数人都很吃陆逸寒这一套，下课后仍有大批人围着他。

文雅在座位上等啊等，又困又饿。

没办法，答应了要帮他刷鞋，就不能食言。

“走吧。”等到花儿都谢了，头顶才终于传来声音。

文雅揉了揉有些迷糊的眼角：“去哪儿？”

“当然是回家。”陆逸寒挑眉，一副理所当然的样子，“你现在把我的鞋拿走，我穿什么回去？”

“我……我凭什么跟你回家。”文雅的脸涨得比手里的刑法书皮还红，“你回去把脏鞋换了，明天带给我。”

这家伙显然人品有问题，她可不想深入虎穴。

见文雅脸红得厉害，陆逸寒嘴角微扬，故意又靠近了些：“有点生活常识的人都知道，白色鞋子脏了要立刻刷，隔天就刷不干净了。”

“那就……”

“其实你不想刷也行。”

“真的？”文雅以为陆逸寒突然良心发现。

“这双球鞋是路易威登刚推出的新款，也就九千块而已，你买双新的赔我就好。”

“九千……而已？”文雅差点儿没把自己的舌头咬掉。

要知道，她们一年学费才五千块，陆逸寒竟然穿着这么贵的鞋子招摇过市，简直太没有天理了。

“还不走，看来你是选择赔钱了。”陆逸寒嘴角的弧度微微上扬，

“回头我把尺码和店铺地址发你。”

“别别别，不就是回家刷鞋嘛，我去。”

“两双。”陆逸寒化身奸商，坐地起价。

“凭什么？”

陆逸寒抬手看看表：“因为你，我已经在这儿耽误八分钟了，生命诚可贵，明白吗？”

你大爷。

“现在已经九分钟了，要是超过十分钟，那就……”

“陆逸寒，你别得寸进尺！”文雅忍无可忍。

金钱诚可贵，尊严价更高。

可是——

对文雅这种一穷二白的学生来说，别说九千，九百块都是命啊。

冲动是魔鬼，前人总结出来的果然都是血泪教训。

两人一前一后出了教学楼，文雅偷偷哀怨地瞪着陆逸寒，恨不得把这讨厌的家伙扔火锅里涮了。

“陆师哥好。”

“师哥好。”

一路上，时不时有女生笑容满面或含羞带怯地跟陆逸寒打招呼，当她们的目光扫到文雅时，又分分钟变成羡慕嫉妒。

估计那些女生一定在想，她到底用了什么手段，刚进校门就引起了陆逸寒的注意。

文雅埋着头无奈叹息："一失足成千古恨啊！"

以她对陆逸寒粗浅的了解，这家伙根本就是故意报复，好让自己成为众多女生的箭靶。

卑鄙无耻黑心小气……文雅把自己能想到的贬义词，统统往陆逸寒身上套了一遍。

"离我那么远做什么？"陆逸寒看着文雅，不满地停下脚步。

"这阴雨天，我担心一会儿天上劈下个雷，受你连累。"文雅斜了陆逸寒一眼，换了个方向继续跟他保持距离。

"想得还挺多。"陆逸寒长臂一挥，文雅还没来得及反应，人就被结结实实"壁咚"到墙角，"告诉你个秘密，雷就喜欢劈嘴硬的人。"

两人离得很近，陆逸寒身上清淡的香水味如同一个无形的磁场，牢牢将文雅禁锢其中，文雅紧张又窘迫，连说话都有些结巴："我不去了！"

亏她还觉得这家伙的痞气中带有一丝文艺气息，这么看，他就是个痞子。

纯的！

文雅的窘态大大满足了陆逸寒的玩心，他突然笑了："昨天谁放狠话说见我一回打我一回，怎么，现在怕了？"

文雅心里紧张得很，却不肯输了气势，轻哼道："谁怕谁？邪不压正知道不？"

“那还不赶紧走，等我抱你？”陆逸寒双手环抱在胸前，好整以暇地看着文雅。

“走就走！”文雅用力推开陆逸寒，头也不回地走到前面去了。

看着文雅倔强的背影，陆逸寒嘴角微勾，无声无息地笑了。

他也说不清楚自己对眼前这个女孩是什么感觉，只知道，自打第一眼遇见，他就记住她了。

因为她的眼神，像极了林清怡。

那个他很排斥、很厌恶，偏偏又一直影响着他喜怒哀乐的人。

“往哪儿走？”文雅在一个三岔路口处停下脚步。

“右边。”陆逸寒收回思绪，快步跟了上去。

法大家属楼在校园北侧，是二十世纪七八十年代的老房子，跺一跺脚恨不得整栋楼都要掉渣儿，幸亏是在校园里，否则文雅一定会认为陆逸寒图谋不轨。

钥匙在锁孔里轻轻一转，门应声而开。见文雅愣愣地站在楼梯口，一副苦大仇深的样子，陆逸寒嘴角勾了勾：“进来，我家不需要门神辟邪。”

“你才是门神呢。”文雅对陆逸寒的印象太差，跟他回家，总有一种羊入虎口的感觉，警惕道，“陆逸寒，我姐姐可是刑警，你最好别耍什么花招。”

“就你，还没两块发糕值钱，有什么值得我浪费脑细胞的。”陆逸寒换了凉拖，把脏球鞋往文雅面前一踢，“二十分钟刷干净，计时开始。”

“鞋刷，洗衣液。”

陆逸寒头也不回地进了卧室，只从门缝里传出一句话：“自己拿。”

得了，这家伙还真不把她当外人。

唯一的凉拖被陆逸寒穿了去，文雅只好换上了鞋架上的一次性拖鞋，正准备拎着脏鞋进卫生间找刷子，却突然惊讶地定在原地。

并不算大的客厅被两个长长的红木书架占去了多半，书架上按套系、颜色、尺寸大小整整齐齐地摆放着上千本书，哲学、历史、法律条文等各类书籍一应俱全，乍一看还以为进了图书馆。

书架右侧是一张同款红木桌子，各种各样的奖杯奖章摆了满满一桌子，右侧的窗户下面支着一个精致的银色箱子，文雅见过，是沙画台。

如此有文化气息的摆设，不用想也知道陆逸寒的父母一定是高级知识分子，只是……怎么就培养出这么个痞子，真是匪夷所思。

沙画台上方的窗台上摆着一个精致的白色相框，大约是陆逸寒早些年跟父母的合照。文雅远远看了一眼，只觉得照片中的女子有种似曾相识的感觉，走上前想要看清楚些，某个胳膊比她长的家伙却先一步捞走了相框。

“胡乱看什么。”陆逸寒打开抽屉，把相框扔了进去。

在别人家四处走动的确不礼貌，文雅没有想太多，只当陆逸寒不喜欢别人探究他的隐私，连忙道歉：“对不起。”

“没事。”陆逸寒心里闷闷的不舒服，却不想被文雅看出来，只好把人支开，“还不快去刷鞋？”

“放心，肯定给你刷干净。”

卫生间不大，却出奇的干净整洁，连最容易藏污纳垢的边边角角都收拾得纤尘不染。洗漱架上，电动牙刷、牙膏、洗面奶等常用物品摆放得整整齐齐，最上层的位置，摆着足足十几瓶发胶，堪比理发店。

一个大男人，要不要这么臭美？

文雅轻哼一声，嫌弃满满：“喷喷喷，早晚喷成秃子。”

“再秃，也比你头发多。”

嗯？

文雅回头，就见陆逸寒倚在门边，用同款嫌弃表情看着她。

“你……”陆逸寒的头发的确又直又密，发质好得不得了，文雅想反驳都不行，撇嘴冷哼，“头发多，见识短。”

“不错，还蛮有自知之明的。”

“一边待着去，别碍事。”文雅觉得她现在不能看见陆逸寒，否则分分钟有爹毛的冲动。

“不看着，怎么知道你偷没偷懒。”陆逸寒双臂一撑，把门挡了个严严实实。

“你确定要在这儿？”文雅看着陆逸寒纹丝不乱的发型，眼中飞快闪过一丝恶作剧的俏皮。

“怎么了？”

“没什么。”文雅突然往前跨了一步，伸手在陆逸寒头发上揉了几下。

囤那么多发胶，说明这家伙很在意自己的发型，她偏要搞破坏。

陆逸寒没想到文雅突然袭击，一个愣神的工夫，精心打造的发型瞬间如路边的野草般乱成一团，乍然看去，倒有几分犀利哥的风范。

“哈哈哈……”文雅瞬间笑开了花。

捉弄仇人的感觉，果然很爽。

“文雅！”陆逸寒一张帅脸黑如锅底。

了解他的人都知道，他最在乎的就是头发，别人轻轻动一下都会被打出去，这丫头竟然敢揉。

还揉了好几下！

见鬼的是，他竟然没推开！

“我在！我在！”文雅好不容易忍住笑，下意识地后退两步，跟脸黑成炭的陆逸寒拉开距离，提醒道，“你不会要打我吧？故意伤害可是要负刑事责任的，知法犯法，更要罪加一等。”

打？他的确想打这个不知天高地厚的丫头。

可是为什么，他心里并没有那么生气？

“你给我等着！”陆逸寒放了狠话，头也不回地走了。

“哼！”文雅努努嘴，得意地做了个鬼脸。

出了气，再看面前的鞋子也觉得顺眼了许多，文雅动作麻利地拆了鞋带，将鞋子放入加有洗衣液的盆里浸泡，新沾上的污渍并没有多顽固，简单刷了几下就化作一团污水，消失得无影无踪。

哎，九千块钱，总算保住了。

为了防止晾晒的时候返出黄渍，文雅取过面巾纸，不厌其烦地缠了一层又一层，一包纸很快见底。

“太不经用了。”文雅想出去找陆逸寒再要包面巾纸，无奈起得太急，突然眼前发黑，晃了两下，鞋底又沾了好多泡沫，一个重心不稳，整个人滑了出去。

“啊……”

眼看着就要跟大理石瓷砖来个亲密接触，一双有力的手牢牢撑住文雅的胳膊，将她从失控的地心引力中拯救出来。

文雅抬头，跟陆逸寒四目相对。那张几乎毫无瑕疵的帅脸，任谁看了都会脸红心跳，文雅却是个例外。

倒不是她审美独特，只是某人欠妥的话，轻轻松松把外表营造的好感砸得七零八落——

“这么急着投怀送抱？”

送你个大头鬼！

文雅如梦初醒，甩开陆逸寒的手，顺势把人推到门外：“找面巾纸去！”

陆逸寒低头一看，自己的球鞋被缠得里三层外三层，连鞋底都不放过，活像个木乃伊。

脑子里不知不觉闪现出另一个画面，同样的卫生间，同样的球鞋。

那一板一眼的样子，跟林清怡简直就是一个模子刻出来的。

一股难以言喻的复杂情绪涌上心头，陆逸寒想笑，又觉得不合时宜，只淡淡道：“吃饭。”

还有饭吃？

文雅不敢置信地眨了眨眼，转念一想，就陆逸寒那腹黑劲儿，怎么可能好心给自己准备午饭，估计又有什么圈套，立刻回绝道：“我不饿，你快些找面巾纸，要赶紧把另一只鞋包好。”

自己这是被嫌弃了？陆逸寒眉心微皱，语气有些不悦：“在桌上，自己拿。”

“哦。”

文雅点点头，然而刚走出卫生间，就被一阵扑鼻的香味引到餐桌前，清炒菠菜、肉末粉条，外加西红柿鸡蛋汤，虽然是很简单的菜式，却色香味俱全。

“这是你做的？太厉害了吧！”作为典型的吃货系少女，文雅早忘了她是出来拿纸巾的，理所当然地坐到陆逸寒对面开吃。

“你不是不饿吗？”

“刚刚不饿，这会儿突然又饿了。”文雅只顾着往碗里夹菜，看也没看陆逸寒一眼。

以这家伙的速度，晚点就什么都吃不到了。

陆逸寒手里的筷子顿了顿：“口是心非。”

“哎呀，你少吃点，减肥很困难的。”眼见盘子里的菜就要被陆逸寒扫去大半，文雅急得恨不得把盘子抱进怀里。

看着文雅那张圆鼓鼓的脸，陆逸寒轻嗤："就你，还好意思说我？"

不能抢盘子，文雅索性把菜都夹进碗里占着，眼见小碗摞得跟山头一样高，这才心满意足地抬头："我又不靠脸吃饭，胖点有什么关系。"

合着他靠脸吃饭？

陆逸寒严重不满，直接将盘子里剩下的菜全部倒进自己碗里。

"你个小气鬼！"

"吃完了洗碗，然后……"陆逸寒指了指鞋架，"把那两双鞋刷了。"

什么！

文雅差点儿把刚喝进嘴里的汤喷出来："凭什么？"

"有句古话怎么说的来着，天底下没有免费的午餐。"陆逸寒脸上有种阴谋得逞的骄傲神色，此刻说起话来，理不直气也壮，"谁让你自己意念不坚定，我可没强迫你吃，所以呢……好好刷，纸巾已经备好了。"

"……"好像真是这么回事。

"陆逸寒，你祖上姓周吧？"不，就这无孔不入的剥削手段，就算周扒皮活着，只怕也得甘拜下风。

"也不是没可能。"陆逸寒并没有生气，而是斜倚在桌边，居高临下地端详着文雅，"要这么说，那么你家祖上可能姓黄。"

黄？文雅微微愣了一下，不明就里。

"回头好好学学历史，对智商有好处。"陆逸寒轻轻拍了拍文雅的肩膀。

周瑜打黄盖，一个愿打一个愿挨。

合着她不仅吵架吵输了，连带着智商也受到了鄙视？

“陆……逸……寒！”文雅真想在鞋里放几枚大头针，最好把这腹黑的家伙扎得半个月走不了路！

两次交锋，虽说一比一打了个平手，但看着阳台上摆了一排的运动鞋，文雅怎么都觉得自己更亏。

绝不能就这么算了，必须要想办法扳回一局。

当文雅的目光由洗洁精转到调料盒上时，一个巧妙的想法涌出脑海。

为了不让陆逸寒从颗粒大小上分辨出来，文雅并没有简单粗暴地直接用盐把糖替换掉，而是把两者掺到一起，这样，除非有火眼金睛，否则根本发现不了。

完美。

想到陆逸寒那家伙被盐齁得连连往嘴里灌水的滑稽模样，文雅就开心得恨不得飘起来，难得给了他一个笑脸：“我走了。”

“不送。”

“不用不用，啊……”乐极生悲，文雅换鞋时一个踉跄，脚不小心撞到墙上，拇趾处传来一阵剧痛，痛得她忍不住喊出声来。

“怎么了？”陆逸寒三两步迎上来，看到文雅有些发肿的脚趾，瞬间明白了什么，“脚趾还疼？”

文雅疼得五官拧到一起，好不容易缓过气来，没好气地横了陆逸寒一眼：“你说呢？”

都怪这个讨厌的家伙，他就是罪魁祸首！

从昨天疼到现在，多半是伤了骨头，陆逸寒当机立断：“走，去医院。”

“只要不碰到就没事。”文雅摇摇头，“下午还要军训呢。”

上次那么一闹，她算有前科的人了，可不能给教官留个偷奸耍滑的不良印象。

“军训场不欢迎残疾人。”陆逸寒扣住文雅的手腕，语气不容置疑，“你有两个选择，自己走或者我抱你走。”

陆逸寒突然靠近，他身上淡淡的香味毫无征兆地灌进鼻腔，让文雅条件反射性地往后闪了两步，小声嘀咕：“男生喷什么香水，臭美。”

“连香水和香氛都分不清的女生，应该更奇怪。”陆逸寒挑了挑眉，似笑非笑，“还不走，真等我抱你？”

“不用。”文雅白了陆逸寒一眼，一蹦一跳地走到前面去了。

到了医院挂号、拍片，诊断结果很快出来，拇趾轻微骨裂，好在不是太严重，医生给简单固定一下，缠了几层厚厚的纱布，叮嘱文雅回家好好休养。

这下真的不用军训了。

“瞪我做什么，又不是我让你偷袭我的。”陆逸寒看了看手里的病假条，调侃道，“踢个椅子能把脚趾头踢骨裂，这得用多大劲儿，唉，可怜那把椅子，也不知道有没有被踹出内伤。”

文雅继续瞪着陆逸寒。

“我知道我长得好看，不用表现得这么明显。”陆逸寒脸上的笑容越发显得幸灾乐祸，“你该不是故意受伤，逃避军训吧？”

“我可是上过思想品德课的，不像某些人那样没底线。”文雅越看陆逸寒越来气，甩开他的手一瘸一拐地往前走。

她是不喜欢军训，却也没不喜欢到自残的地步，这个讨厌的家伙就不会说句好话！

“你要去哪里？”

“回宿舍。”陆逸寒就是个地地道道的危险分子，还是离他远远的比较安全。

“跟我回去吃药。”下午天气转晴，新生们继续军训，文雅一个人在宿舍，他不放心。

“不用了，我自己可以。”

“不想来也行。”陆逸寒太知道文雅的软肋是什么，明目张胆地威胁她，“错过林清怡的消息，可别怪我没提醒你。”

不出陆逸寒所料，听到“林清怡”三个字，文雅顿时两眼放光，连蹦带跳靠近几步：“你说什么，你认识林法官？”

这……可能吗？

“机会只有一次，信不信随你。”陆逸寒勾了勾唇，头也不回地走了。

“陆逸寒，你把话说清楚！”

“喂！”

无论文雅怎么喊，陆逸寒都没有停下的意思，文雅只能一瘸一拐地追上去。

好不容易追到楼梯口，面前早已没了陆逸寒的影子，文雅没办法，只能扶着扶手一步一步往上走，还没走出两级台阶，头顶上多出一人，单臂把她提了起来。

“陆逸寒，放我下来！”这家伙拔葱呢！

“老楼隔音不好，你要想让所有人都听见，尽管使劲儿喊。”

“……”

陆逸寒速度虽快，手上动作却很有分寸，轻轻把文雅放在沙发上。

“陆逸寒，你到底认不认识林法官？”文雅气还没喘匀，就急匆匆追问道。

天知道她有多想见林清怡，想到连一丝一毫的机会都不想放过。

陆逸寒没有回答文雅的问题，随手从书架上取过一本书，扔到茶几上。

文雅拿起那本封面微微有些泛黄的书，定睛一看，正是林清怡前几年出的那本《典型法律案例分析》。这本书出的数量不多，并没有大范围流通，当年文雅把S市大大小小的书店逛了个遍都没有买到，陆逸寒怎么会有？

“你在哪里买的？”

“捡的。”

“嘁！”

“态度这么差，看来是不想要。”陆逸寒挑挑眉，作势就要把书拿回。

“不行！”文雅紧紧把书抱在胸前，如获至宝。

“我能拿回去看吗？”这么厚的书一时半会儿肯定看不完，文雅又不能一直待在陆逸寒家。

“看我心情。”

就知道没那么简单。

鉴于对陆逸寒“人品”的精准了解，文雅早有心理准备，爽快道：“什么条件尽管说，只要我能做到的，都可以答应你。”

“心甘情愿？”

“当然……”不是！

不知道从什么时候开始，她竟被陆逸寒吃得死死的，这种感觉实在是憋屈，可为了把书拿走，面子什么的就暂且靠边吧。

“很简单。”陆逸寒挑挑眉，一副“我的要求很简单，并没有故意为难你”的表情，“帮我刷一个月的鞋。”

“什么？”这家伙免费劳动力用上瘾了？

“不愿意啊，那算了。”陆逸寒摆摆手，表示自己绝不强人所难。

“愿意，我愿意。”为了书，她忍了。

“真的？”陆逸寒态度真挚，“我这个人最不喜欢勉强别人。”

“不勉强，一点儿也不勉强。”文雅努力挤出一个违心的笑容，“我最喜欢刷鞋了，保证刷得干干净净。”

“那就好。”

“我现在可以走了吗？”

她必须要离这家伙远远的，否则保不齐哪一刻控制不住自己，扑上去狠狠咬他两口。

“等会儿我送你回去。”

宿舍里，文雅被其他三人团团围住。

“刷个鞋的工夫能把脚趾弄骨裂？”李如怎么想都觉得不可思议，八卦心四起，“说，你跟陆师哥到底干什么了？”

“大姐，就你这想象力学什么法律，应该学编剧去。”解释起来只会越描越黑，文雅索性不费口舌，专注看林清怡这本案例书。

这可是刷一个月鞋换的，来之不易。

第三章

成功被套路

文雅的骨裂并不严重，在宿舍养了十来天，等军训结束时，已经完全好利索，一点儿没有受过伤的痕迹。

伤是好了，可刷鞋的任务，才刚刚开始。

更可气的是，陆逸寒那家伙还要随意加码——

“顺便把屋子也收拾了。”

“行。”

“饭做好，我看完这本书就开饭。”

“好。”文雅咬牙切齿，发誓一定要找个机会把陆逸寒所有的破洞牛仔裤都给缝死，好好出这口恶气。

文雅上得了厅堂，背得了法条，打得了流氓，偏偏就是……下不了厨房。

哎，硬着头皮做吧，左右吃不死人就行。

水平不行，排场还是要有的，所以，等陆逸寒优哉游哉从卧室出来，就见厨房里大大小小的锅碗瓢盆摆得满满当当，没地儿下手，也没地儿下脚。

这是做饭还是轰炸厨房？

陆逸寒最受不了糟乱，忍着把文雅扔出去的冲动，蹙眉道：“给你五分钟，把厨房给我收拾干净。”

“还没做好呢，怎么收拾？”文雅回给陆逸寒一个同款嫌弃眼神，“赶紧出去，别打乱我节奏。”

打乱？

眼前这一大摊儿还有再乱的空间吗？

陆逸寒终于忍无可忍，单手把文雅拎出厨房。

长期一个人生活，陆逸寒练了一手好厨艺，他驾轻就熟地配菜起锅，没一会儿，香喷喷的热乎菜就上桌了。

这家伙倒也不是一无是处，起码菜做得真好吃。

“书看完了吗？”

这几天时间充裕，文雅把林清怡那本书从头到尾看了好几遍，这会儿被陆逸寒问起，心上一紧，仿佛什么宝贝要被人夺了去，下意识地摇头：“还没有呢。”

陆逸寒转着手里的汤勺，慢悠悠道：“就你这效率，还想当法官？”

“当法官跟看书快慢有什么关系？”文雅握着筷子的手不知不觉紧了些，试探道，“陆逸寒，跟你商量个事儿呗？”

“什么事？”

“能不能把林法官那本书卖给我，我可以出双倍价钱。”

听到这话，陆逸寒夹菜的手轻轻一顿：“不行。”

“为什么？”文雅有些疑惑，“你不是不喜欢林法官吗？”

听文雅提及林清怡，一抹复杂神色从陆逸寒眼眸中闪过：“没有为什么。”

“哦。”文雅眸色一黯，埋头继续吃饭。

看到文雅这样，陆逸寒心里不忍：“可以多借你看些日子。”

“真的？”

陆逸寒看了文雅一眼，仿佛嫌她话太多。

“陆逸寒，谢谢你。”

文雅脸上挂着发自内心的笑容，但陆逸寒知道，那笑不是对他，而是对林清怡的。

明明就是个不近人情的女人，怎么就那么招人喜欢？

陆逸寒默然，心里更矛盾了。

军训结束后，紧张忙碌的学习生活正式开始。法律系的课程格外多，作为班干部，文雅还要筹备迎新晚会，她虽然不用表演节目，但也要帮忙处理一些对接上的琐事，忙得不亦乐乎。

至于陆逸寒，自从刷鞋事件后，一连四五天不见踪迹，仿佛凭空消失了一般。

那家伙，总是来无影去无踪的。

文雅轻轻叹了口气，一股若有似无的失落情绪在心底悄然滋长。

“小雅，陆师哥去哪里了？”宿舍里，沈月凝问出了所有人的疑惑。

“你问我，我问谁去。”这样说着，脑海中那张挥之不去的痞痞笑脸又清晰了几分，更加挥之不去。

“不是吧，你给陆师哥刷了那么多鞋，都没趁机留个微信？”

“留微信干吗，继续当免费刷鞋工？”文雅揉了揉太阳穴，只觉得又头疼又无力，愤愤道，“你们千万别被那家伙的外表迷惑了，他就是个万恶资本家。”

哼，小小调料盒只不过是利息，陆逸寒，姑奶奶早晚让你知道什么叫“出来混，迟早都要还”。

“你是不是脑子缺根筋？”沈月凝一副怒其不争的模样，连连摇头，“我掐指一算，你注定要孤独终老。”

“孤独终老怕什么，说得好像不孤独就能长生不老一样。”

话虽这样说，但文雅又忍不住想，陆逸寒那家伙虽然有洁癖和强迫症，却也风趣幽默、学识广博，如果跟他在一起生活，或许也能很有趣吧？

“看看，口是心非了吧？”

“才没有呢。”文雅羞红了脸，穿上外套逃也似的出了宿舍，找顾曼漓去了。

院系不同，文雅跟顾曼漓虽然在一栋宿舍楼，却分属于不同的楼层，凭着记忆找过去。刚进走廊，文雅就隐隐听到一阵激烈的争吵声。

“我根本没看见那瓶香水，你们怎么能随便污蔑人。”顾曼漓柔弱的声音很有辨识度，文雅只听了一句就知道是她，立刻加快了脚步。

往前走些，听得更清楚。

“不是你还能是谁，赶紧拿出来，否则我马上打电话报警，让整个学校都知道你是个小偷！”

“就是，整个系数你最穷酸，瞧瞧这破手机，掉马路上都没人稀罕捡！”

“穷就算了，没想到手脚还这么不干净！”女生刻薄的声音尖锐刺耳，“咱们真是倒了八辈子血霉，跟你分到一个宿舍，我要是穷成这样，哪还有脸出来上学，找根绳子吊死算了！”

“我碰都没碰你们的东西，更没拿！”顾曼漓委屈的声音中带着哭腔，在几个盛气凌人的嚣张声音中，显得孤独又无助。

“赶紧把东西拿出来，否则我们就不客气了！”几个女生不再满足于言语上的讽刺诋毁，将顾曼漓团团围住，开始动手拉扯。

顾曼漓寡不敌众，偏偏她又性子柔弱不敢反抗，只能一边退让，一边眼睁睁看着她们把自己柜子里的东西扒拉得乱七八糟，桌上的书本也散落了一地。

“住手！”

门是从里面插住的，文雅敲了几下没人应，一气之下愣是把门踹开了。

练过武术的人，总有一种不怒自威的气场，几人见了文雅，身上的嚣张气焰已熄了大半，但想着这是个不速之客，很快又理直气壮起来：“谁让你进我们宿舍的，出去！”

“我是顾曼漓的朋友，她的人身安全受到威胁，我当然要进来救她。”文雅掏出手机，对着顾曼漓被翻动得乱七八糟的床铺柜子咔嚓拍了几张，挑眉道，“你们口口声声说曼漓偷了东西，有什么证据？”

“我们宿舍一共四个人，就她没有香水，不是她偷的还能是谁！”丢东西的女生说得理直气壮，丝毫没觉得自己这套歪理有多雷人。

“没有香水就一定要偷？”文雅轻嗤一声，毫不留情地回怼，“照这么说，你的香水都是从商场偷来的了？”

“你胡说八道什么！”女生被噎得说不出话来，愤愤地瞪着文雅，“我们宿舍的事跟你一个外人有什么关系，滚出去！”

“法大章程里有规定，新生第一学期为试读期，品行不端道德恶劣者一律劝退。刚刚你们踢打曼漓的视频我已经录下来了，我这就去找你们辅导员问问，什么时候轮到学生私设公堂，欺辱室友了！”

文雅上前把直落泪的顾曼漓从床上拉起来，语气不由得更凌厉了几分：“《刑法》第二百四十三条规定：捏造事实诬告陷害他人，情节严重的，处三年以下有期徒刑、拘役或者管制。你们要不怕闹到没法收场，咱们也可以报警，让警察来评评理。”

欺软怕硬是人的天性，见文雅口才了得又有理有据，三个女生几乎可以肯定，这事闹大了吃亏的必然是她们自己，一个个跟泄了气的皮球般蔫了下来。

毕竟没有证据。

“算了，算了，不就是一瓶香水嘛，我又不是穷鬼。”僵持一会儿，丢东西的女生轻哼一声，算是妥协。

“香水什么时候不见的？”

这几个女生虽然蛮横可恶，但文雅冷眼瞧着，也不像故意把东西藏起来诬陷顾曼漓的样子，八成掉到哪个犄角旮旯里了。

“姗姗都不追究了，你还想怎样？”另一个女生不忿地开口。

“随便污蔑人偷东西，到头来你说算了就算了，世界上哪有那么好的事！”文雅不是得理不饶人，只是如果东西找不到，她们必定会添油加醋地传扬出去。顾曼漓家境不好，再顶着小偷的名声，以后怕是很难抬得起头。

“中午出门前还用过，下课回来就找不到了，整个下午，只有她在宿舍。”被叫作姗姗的女生斜了顾曼漓一眼，显然先入为主，认定了顾曼漓是小偷。

“你睡这里？”文雅指了指窗户左侧的床。

陈姗姗不情不愿地点了点头：“是。”

“起开。”

文雅挥退众人，脱下鞋顺着梯子爬到床上。

面膜、书本、零食、被子，逐一被扔到旁边的床上，只差没把床板掀起来。

“你要干什么？喂，你再不下来，我真要打电话给辅导……”

陈姗姗暴怒的声音戛然而止，因为文雅手上拿着的小粉瓶，显然就是她丢失的香水。

原来是顺着褥子夹到了床缝里。

“怎么可能……”陈姗姗诧异地瞪大眼睛。她之前明明翻找过了，可什么都没有找到。

“空口白牙污蔑别人之前，先瞪大眼睛好好找找。”文雅翻身下床，把香水塞到陈姗姗手里。

一瓶小小的香水就要七八百块，她们心安理得地花着父母的辛苦钱来满足自己的虚荣心，同时，还肆无忌惮地嘲笑贬低享受不起奢侈品的同学。

所谓世风日下，大概就是这样了。

“谢谢。”陈姗姗的嘴角抽了抽，僵硬地吐出两个字。

“道歉。”文雅冷冷的目光牢牢定格在陈姗姗脸上。

陈姗姗看不起软软弱弱的顾曼漓，却不敢招惹气场全开的文雅，侧了侧头，小声敷衍道：“是……是我错怪你了。”

顾曼漓看了文雅一眼，见她点头，方才回应道：“没关系。”

一场鸡飞狗跳的宿舍大战，暂时偃旗息鼓。

“文雅，这才几天，你已经帮我两次了，我真不知道该怎么感谢你。”出了宿舍的顾曼漓整个人放松了许多，只是眼底依然有晶莹的泪光闪烁。

是委屈，也是感动。

今天如果不是文雅来得及时，她简直不敢想象后面会发生什么。

“朋友之间，这点小事不用放在心上。”文雅握住顾曼漓的手，推心置腹道，“你跟我说实话，她们是不是经常欺负你？”

“也不算经常。”顾曼漓语气里带了些许哽咽，她不想在文雅面前落泪，勉强挤出一丝笑容，“不过是嘲笑我寒酸，用杂牌手机，买不起电脑罢了。”

文雅生怕顾曼漓被那几个室友的奇葩价值观带偏，一字一顿道：“我们是学生，用的每一分钱都是父母辛苦挣来的，节省不丢人，像她们那样挥霍无度才是真正的丢人。”

“我知道。”顾曼漓感激地看了文雅一眼，点点头。

“你跟辅导员说说，换个宿舍吧。”文雅还是不放心。

今天这种事不是第一次，也绝不会是最后一次，她不能每次都护着顾曼漓。

“我们系女生多，根本没有空余的床位。”顾曼漓轻轻摇头，“没事，我在学校外面的便利店找了个小时工，明天就去，以后在宿舍待的时间少，就不会跟她们起冲突了。”

“你性子太软，凡事委曲求全，越是这样她们就越欺负你，以后别惯着她们，该有脾气的时候就要有脾气。”文雅苦口婆心地再次嘱咐道。

依着文雅的性子，她并不想如此轻松地饶过那三个嚣张的女生，可顾曼漓跟她们处在同一屋檐下，如果闹得太凶，日后少不得要吃更大的亏，这样稍微震慑一番，反而是最好的。

顾曼漓虽然不善言辞，却是个心思灵巧的，自然明白文雅的一番心意，但她并没有乖乖点头答应，而是定睛看着文雅的脸庞，露出一个发自内心的笑容：“小雅，我真的很羡慕你。”

“羡慕我会吵架？”文雅没有谦虚，反而直率地传授经验，“这没什么难的，你有什么话就大胆说，很多人就是欺软怕硬，你强硬起来，她们反而不敢放肆。”

顾曼漓轻轻抿了抿唇，似乎想说什么，但话到嘴边又咽了回去，肯定地点了点头。

从小到大，父母总教育她凡事以和为贵，能忍让的地方尽量忍让，可正如文雅说的那样，太过忍让，只会让人变本加厉，她既然决定在大城市闯出一片天地，就要成长改变，绝不能一直懦弱下去。

人的性格不是说变就能变的，顾曼漓能有这样的决心已经很难得，文雅不想给她太多压力，顺势转了话题：“听说操场上有篮球比赛，咱们去看看吧！”

“好。”

两人一路走着，还没到操场就听到此起彼伏的欢呼声。

“陆师哥加油！”

“加油！师哥加油！”

“陆师哥加油！陆师哥最帅！”

有些人仿佛天生自带高光，文雅随意往操场上一瞥，只见穿着一身浅蓝色球衣的陆逸寒步伐矫健，灵动的身躯左拐右拐，接连冲过两道防线来到篮下，纵身跳跃，手中的篮球在空中划出一道漂亮的弧线，不偏不倚地落到篮筐内。

“又进了！又进了！”接下来几个回合，陆逸寒如有神助，接连不断地进球，而每进一次球，场上便会响起一阵热烈的欢呼声。

陆逸寒自是风光无限，相比之下，另一队的许默明显凄凉很多，少有的几声加油也如细小的涟漪，还没荡漾开来就被此起彼伏的巨浪淹没了。

“哇！太帅了！”场上尖叫不断，就连一路郁郁寡欢的顾曼漓也难得露出笑容，有些惊喜地拉了拉文雅的胳膊，“小雅，这不就是那天美食街上……”

“就是他。”文雅点点头，莫名有些愤愤不平，不是为自己，而是为许默。

同样是学长，实力旗鼓相当，凭什么喝彩声都让陆逸寒一个人得了，欺负他们法律一班没人是吧？

这般想着，文雅拉着顾曼漓挤到最前面，学着其他女生的样子喊道：“许师哥加油！许默师哥加油！”

文雅的加油声在一众女生中显得尤为突兀，但她毕竟势单力薄，声音很快被淹没在一浪高过一浪的呐喊声中。

然而，还是有两个人听到了，一个是许默，另一个是陆逸寒。

这几天，陆逸寒去上海参加沙画比赛，上午才回学校，没想到四五天没见，就已经会给男生加油了？

呵呵，女人。

一股莫名的恼意直冲脑门，在陆逸寒的全力攻击下，原本就处在劣势的许默更是节节败退，比赛最终以 31 ： 16 结束。

“一场友谊赛而已，没什么大不了。”见许默往场下走，文雅笑着迎上去，“师哥，你周六有没有时间？”

“应该会在学校里。”许默是典型的佛系少年，并没因比赛失利而影响心情，调侃道，“怎么，想请我吃饭？”

许默说话总给人一种如沐春风的感觉，不像面对陆逸寒那般一不小心就掉进“坑”里。文雅脸上的笑容不觉荡漾开来，点头道：“猜对了，我鞠躬尽瘁恪尽职守的姐姐终于要休假了，周六我们一起吃饭。”担心许默不好意思，文雅又急急补充，“早早说好的，你可不许拒绝。”

“有饭可以蹭，我为什么要拒绝？”

许默轻笑一声，正要再说什么，却听一道熟悉的声音突兀地插进来：“许默。”

转头望去，陆逸寒那张毫无表情的脸步步逼近：“迎新晚会筹备得怎么样了？”

许默见陆逸寒淡淡的目光有意无意在文雅身上瞥过，顿时有种恍然大悟的感觉，但并未说破，只如常回答：“基本准备好了，师弟师妹们都迫不及待地想看你的沙画表演，你可要好好露一手。”

陆逸寒等的就是这句话，见许默成功被套路，幽幽叹息道：“沙画，怕是不能演了。”

“为什么？”许默有些诧异。

“刚比赛回来，设备工具什么都没整理，还要忙着系里的事，我一个人实在有心无力。”陆逸寒故作疲惫，揉着太阳穴，“帮我跟同学们解释一下，以后总会有机会看到的。”

沙画需要整理工具？

文雅默默翻了个白眼，心想下次能不能找个技术含量高点的借口，最起码别让她这个外行看出明显的表演痕迹。

许默跟陆逸寒相处了一年多，如何看不出对方的别有用心，他继续发挥看破不说破的大智若愚精神，甚至主动搬了个台阶送过去：“你的迷弟迷妹那么多，只要说一声，多少人抢着给你帮忙。”

“都不熟悉，怎么能随便使唤人。”说这话时，陆逸寒仿若无意地瞥了文雅一眼。

这家伙不会又要打她的主意吧？

文雅本能地往许默身后闪了闪。

“这有什么麻烦的。”许默轻咳一声，“赶得早不如赶得巧，就让小雅去给你当助手吧，她前几天还说喜欢沙画呢。”

“师哥，我还有好多功课没做呢。”文雅侧头，哀怨地看着许默，怎么都不相信自己就这么被嫡系师哥给卖了。

她是喜欢沙画，可是她并不想跟这个危险的家伙凑到一起去啊。

“考试还早，着什么急。”许默本着好人做到底的原则，轻拍文雅的肩膀，“好好学，给咱们一班长长脸。”

“师哥……”

"她没那个艺术细胞。"陆逸寒顺手把篮球扔给许默，"回头再说吧。"

"谁说我没艺术细胞？"文雅知道陆逸寒在用激将法，但就是莫名气不过，愤愤道，"不就是沙画嘛，给我点沙子我也能画。"

看着文雅那双自信中透着心虚的表情，陆逸寒有些想笑，又觉得不合时宜，淡然道："那么，我就拭目以待了。"

"就这么定了。"

文雅爽快答应下来，想着等陆逸寒离开后再跟许默坦白，没想到陆逸寒竟上前两步："走吧。"

"去哪里？"

"我刚刚说得不够清楚，还是你有间歇性失忆症？"陆逸寒一如既往地令人厌恶。

文雅认为自己的脾气已经很不错了，但陆逸寒就像点燃爆竹那根火柴，总能轻而易举地将她的坏脾气引爆。

发飙太没有技术含量了，文雅稍稍斟酌，突然神色不明地笑笑："1935年的德国，终究是要……哎，历史嘛，总是惊人的相似。"

这样没头没尾的话，让许默和顾曼漓面面相觑，不明就里，倒是陆逸寒勾了勾唇，无言轻笑。

陆逸寒早早把沙画台搬到了排练室，显然早有预谋，文雅可不是许默，看破直接说破："你就是故意的。"

“是。”陆逸寒直白地点点头，脸上一副“就喜欢你看不惯我又干不掉我的样子”的表情。

“陆逸寒，咱俩上辈子可能八字不合，所以，你最好离我远一点，否则是要倒霉的。”文雅说得一本正经。

“先顾好你自己吧。”陆逸寒指了指窗边的沙画台，“沙子沙刷准备好，灯光打到最佳状态。”

“知道了。”

当打开沙画台，看到五颜六色的彩沙时，文雅便瞬间被这项独特的艺术深深吸引了。

普普通通一捧细沙，到了表演者手中，短短几分钟之内，诠释出一个个瞬息万变的精美画面，实在神奇。

出于好奇，文雅抓起一小把彩沙，小心翼翼地撒在沙画台上，原本想画个可爱的小猪佩奇，可手中的沙子像一个个叛逆的散兵，怎么都不听控制。

“哗啦！”

好不容易“崭露头角”的佩奇，瞬间被“沙海”埋没。

“原来沙画是这么画出来的，真让我大开眼界。”陆逸寒幸灾乐祸，毫不掩饰心里的嫌弃。

“我……”文雅面露窘态，嘴上却不肯服输，“我还没画完呢，很快，很快就好了。”

“是吗？”陆逸寒微微点头，一副好整以暇的模样，显然要等着看成品。

开弓没有回头箭，自己吹的牛皮跪着也要完成，文雅硬着头皮又抓起一把沙子，无奈抓得太满，沙子不停地从指缝往外渗，她下意识地用另一只手去接，手上一个不稳，沙子竟脱手而出，撒落了一地。

这么拙劣的失误，怎么看都有故意报复的嫌疑，就连文雅自己都不知道该如何辩驳，只能用真诚的小眼神无辜地看着陆逸寒。

“你说得对，我们俩的确八字不合。”陆逸寒只觉得自己脑子被驴踢了，才把文雅招来。

“这只是个意外。”文雅看陆逸寒不顺眼，却不至于拿沙子出气。

“让开。”陆逸寒长臂一伸，将准备俯身捡沙子的文雅拎到身后，随后像变魔术似的拿出一个沙扫，将沙子收集起来，送到文雅面前，“你闯的祸，自己分拣好。”

刚才那么一撒，几种不同颜色的细沙早已混合在一起，这该怎么分拣？

“不就是沙子嘛，改天去海边玩的时候，给你背一麻袋回来。”文雅才不傻，反手将沙子倒入垃圾桶，转移了话题，“我觉得这个挺好玩的，你教教我吧！”

“之前谁言之凿凿地说自己会。”陆逸寒毫不客气地补刀。

比沙画，文雅自然不是陆逸寒的对手，但比口才，长这么大她还没输过。她一本正经地胡说八道：“会这个字，也是分很多等级的，有人画得好看，自然有人画得丑，这只能说明天赋能力有限，并不能说明不会，俗话说术业有专攻，所以……”

“闭嘴。”陆逸寒实在受不了唐僧附体的文雅，打断道，“我凭什么教你？”

“就凭我大公无私，牺牲了宝贵的学习时间来给你当助理。”文雅学着陆逸寒的口吻说，“鲁迅先生早就说过，浪费别人的时间是谋财害命，师哥善良帅气，怎么会做出这么残忍的事呢，当然是要给我报酬的，用报酬抵扣学费再适合不过，您说是不是？”

“想让我教你也行。”陆逸寒突然松口，然而文雅还没来得及高兴，就听他继续道，“想要把你这天赋为零的榆木脑袋通开，不知道要熬白我多少头发，学费倒罢了，精神损失费要怎么算？”

“陆逸寒，你从小到底经历了什么，才养成这么扭曲的性子？”文雅没好气地白了陆逸寒一眼，轻哼，“不教算了，本小姐自学成才。”

说着，文雅重新抓过一把沙子，因着之前的经验，这一次并未再出现意外，她成功在沙画台上画出一个……人像？

陆逸寒看了看沙画台上的人物速写，头大如斗，两只眯缝小眼距离远得能害相思病，大嘴几乎伸到耳朵根，塌鼻子缩肩，整个一加强版“矮矬穷”。

陆逸寒满头黑线，正要说什么人画什么画，却见文雅抬起头，对着他认认真真比照一番，点点头：“太像了，简直一模一样。”

一模……一样？

陆逸寒深吸一口气，只觉得把从小到人所有的耐心都耗尽了，才没有一巴掌把文雅拍死。

“师哥，你脸色似乎不太好呀。”文雅憋着笑，睫毛眨眨，“哦，忘画耳唇了，都说耳唇大有福气，看，本姑娘同款。”

“文……雅！”陆逸寒的低吼声，在楼道里久久回荡。

文雅虽然在口头上成功扳回一局，但也失去了免费学习沙画的机会，可谓“杀敌一千，自损九百九”。

在宿舍里翻着书，文雅突然想起那个夸张的画像，忍不住勾了勾嘴角。

李如在贴面膜，正好从镜子里看到文雅要笑不笑、含羞带涩的模样，调侃道：“大白天做什么美梦呢，说，是不是在想陆师哥？”

“我为什么要想那个讨厌的家伙。”文雅莫名有种被戳破心事的错觉，慌忙转移话题，“快点，迎新晚会就要开始了。”

法学院人数有限，按照惯例，每年的迎新晚会都会跟工商管理学院一起办，文雅正好拉着顾曼漓和她们宿舍一起坐。

新生里藏龙卧虎，节目一个比一个精彩，然而最受期待的，还是陆逸寒的沙画表演，当主持人报出节目名字时，现场立刻响起此起彼伏的掌声。

“因为我刚好遇见你，留下足迹才美丽，风吹花落泪如雨，因为不想分离……”伴着《刚好遇见你》的优美旋律，一个个灵动的画面在沙画台上徐徐展开。

这是一个古代爱情故事，前朝公主苟全性命于乱世，只为混入王府，取新朝铁血王爷的性命，以祭父母在天之灵。

然而有些事情，冥冥之中自有天意，两人几番明争暗斗下来，彼此却成了对方最有力的支撑。在朝廷削藩的强大压力下，王爷起兵造反，公主跟他并肩作战，驰骋疆场，经过四年殊死征战，王爷终于夺得大位，成为这片天下的新主人，然而公主却被暗箭所伤，撒手人寰。

公主死了，带走了王爷所有的情与爱，却留下了一个开创清明盛世的理想，之后每一天，王爷都在为这个理想而活。

沙画的结尾，王爷独自站在城楼上，仰望着天上的明月。

绘画者什么也没说，文雅却觉得自己懂了。

在如潮的掌声中，陆逸寒含笑谢幕，一抬头就见文雅怔怔地望着舞台，脸上挂满了泪水。

那样清澈的泪水，如潺潺细雨，淅淅沥沥落在玫瑰色的油纸伞上，连着周遭的空气都被洗涤得干干净净。

陆逸寒心底一颤，某种说不清道不明的情绪滋长。

晚会结束，陆逸寒推掉了夜宵的邀请，一个人走出礼堂。

人群散去，周围一片寂静，陆逸寒没有如愿见到文雅，心里莫名有些失落，他一个人漫无目的地在校园里溜达，走着走着，就到了操场左侧的看台上。

偌大的看台黑乎乎一片，陆逸寒随意在边侧找了个座位，正要坐下，抬眸，却看到不远处一个熟悉的身影。

陆逸寒没想到能在这里遇到文雅，一阵难以明说的欢喜涌上心头，出声道：“这么晚了，一个人在这里发什么呆？”

“随便溜达着就过来了。”文雅心情有点低落，不像平时那样精神十足地跟陆逸寒拌嘴，反而像只敛了刺的小刺猬，软萌可爱，她抬头笑笑，“你不也是一个人？”

“嗯。”是啊，他也是一个人。

“陪我坐坐吧。”文雅抬眸看着陆逸寒。

现在的陆逸寒一本正经，正经得让她觉得有些不习惯，可奇怪的是，这样的陆逸寒让她有种莫名的依赖感。

明亮的月光洒下一层淡淡的光晕，衬得文雅少了些棱角，多了几分温柔，那双灵动活泼的大眼睛里，此时此刻却装满了浓浓的惆怅，仿佛不小心粘到一起的浓染料，厚重得化不开。

陆逸寒愣了愣，只觉得心底某处被打开了一个缺口，悲伤鱼贯而入。

“陆逸寒，你说一个人喜欢另一个人，到底是为了什么？”短暂的沉默后，文雅突然轻声问道。

“为什么这么问？”

“看了你的沙画故事，有感而发。”文雅看着面前空无一人的操场，娓娓道，“姐姐有个青梅竹马的男朋友，他认为当警察太危险，坚决反对姐姐考警校，两人为这件事吵了一次又一次，最后只能不欢而散。”

理想跟爱情是人世间最美好的东西，可很多时候偏偏只能选择其中之一，所以，并驾齐驱，互为项背的感情，才更加显得弥足珍贵。

就像陆逸寒沙画故事里讲的那样。

“理想，不是让亲人受到伤害的理由。”陆逸寒眉头微蹙，声音清冷，仿佛回忆起某些事情，“一个人全身心扑在工作上的时候，怎么就没想过等着你回家的家人有多孤单、多无助。”

“是啊，所以只能找志同道合的人，这样才能彼此理解，彼此扶持。”

“为什么一定要坚持做法官？”沉默了好一会儿，陆逸寒再次问道。

“为了维护公平正义。”文雅看看天上高悬的满月，一字一顿，“我一定要成为一个刚正不阿的好法官，无论多难，都会坚持下去。”

陆逸寒沉默许久，最后轻轻道：“很晚了，回去吧。”

第四章

/

你该不会喜欢我吧

迎新晚会之后，文雅一连两天没再见到陆逸寒。

教室、食堂、操场、图书馆，每到一个地方，她的目光都会下意识地多停留片刻，可惜那个熟悉的身影始终没有出现。

这家伙总是像风一样，搅乱人心，自己却跑得无影无踪。

文雅紧紧抱着怀里的书本，有些怅然若失。

她心不在焉地回到宿舍，李如正趴在床上打电话。

“放心吧，包在我身上。”见文雅回来，李如挂掉电话从床上跳下来，“渴了吧，喝杯水，我试过了，温度正合适。”

文雅惊讶地看着李如，这是什么情况，她怎么不知道自己在宿舍地位这么高了？

更让文雅吃惊的还在后面，倒完水，李如接着给文雅捏着肩膀：“累了吧，我给你按摩按摩。”

“打住打住，我可受不了。”文雅差点儿没呛着，满脸哀怨地给了李如一个白眼，“有什么事直接说。”

“也没什么大事，对你来说小菜一碟。”李如眨眨眼，一张小脸笑开了花，“我朋友想去看沙画表演，你帮我跟陆师哥要两张门票呗。”

“什么沙画表演？”怎么从没听陆逸寒提起过？

等等，这不是重点，重点是她们从哪儿看出来她有做黄牛的潜质？

“陆师哥的沙画表演啊，那些人手速一个比一个快，刚开始抢票就没了。”李如看着一脸茫然的文雅，疑惑道，“不是吧，陆师哥竟然没送你票？”

文雅摇摇头：“没有。”

难怪那家伙这几天没来找她的麻烦，原来是筹备沙画表演去了。

“不是吧？”李如半信半疑，“怎么可能？”

“我跟陆逸寒一点儿都不熟，他为什么要送我票。”文雅拿起手机晃了晃，“我们俩到现在连个微信都没有，见面纯靠偶遇。”

没微信不假，关系比一般人亲近也是真的，李如想了想，还是决定死磕：“拜托拜托，牛都吹出去了，你也不想看我颜面扫地是吧？”

“我不是不想帮你，问题是……”

“就这么定了。”李如才不管有什么问题，直接拍板，“我现在就把票钱转给你。”

“两千块？你要批发啊？”

“两张而已，顶多算团购吧。”

两张？

一场沙画表演门票要一千块，这是卖票吗？这是抢劫！

文雅总算知道陆逸寒那些名牌球鞋和手表怎么来的了，黑心艺术家啊。

不管怎么说，收了钱，就要履行买票的承诺。

“那什么……沙画表演，一定很受欢迎吧？”再次给陆逸寒当刷鞋工时，文雅假装随口问道。

陆逸寒微微挑眉，像是突然明白了什么，盯着文雅道：“你对我的消息很感兴趣？”

文雅被他看得发虚，不自在地把脸转向旁处：“你这样看着我做什么？”

陆逸寒整理着书架上的书，慢悠悠道：“想要票就直说，我现在心情不错，没准儿就答应了。”

“不是要，是买。”文雅生怕陆逸寒误会，连忙纠正，“我带着钱呢，可以先付款。”

“没票了。”

“啊？”文雅小脸瞬间晴转多云，疑惑道，“那不是你的专场吗，你怎么会买不到票？”

看着文雅失望的样子，陆逸寒嘴角扬了扬，莫名有些得意：“文雅，你该不会喜欢上我了吧？”

“啊？”能从高考大省山东杀出重围进入法大，文雅自认为不是个脑子迟钝的，可这会儿，还是忍不住愣了几秒。

买票跟喜欢，有什么直接关系吗？

或许，是有那么一点点。

文雅后知后觉地意识到问题所在，连连摆手："你别误会，我没有！"

"哼。"

把他的行踪调查得一清二楚，甚至不惜买高价票去现场看他的表演。痴迷他痴迷到这程度了，还说不喜欢他，这丫头真够口是心非的。

"不是我想去，是我室友的朋友想去看你的表演。"虽然有越描越黑的嫌疑，但文雅还是觉得自己有必要解释清楚，"她们已经把钱给我了，你就帮帮忙行吗？"

"行，只是……"

"我帮你刷鞋，再多刷几天。"文雅学会抢答了。

"成交。"看着文雅可怜兮兮的模样，陆逸寒没来由地想笑，这丫头，早晚被卖了还帮人数钱。

"谢谢。"

帮别人买票不仅一分钱没赚到，反而给那家伙做了半天免费家政，文雅觉得她一定是史上最悲摧的黄牛，没有之一。

"给你。"临走之前，陆逸寒把一个牛皮信封递给文雅，打开信封，里面有三张蓝底白花的门票。

"多一张。"

"给你的。"那张票原本就是为文雅准备的，只是还没找到合适的机会给她，这会儿倒是正好。

"我不能要。"文雅连连摇头。

一千块钱的票，贵到惨绝人寰，她才不要接受这样高价的糖衣炮弹。

“拿着。”陆逸寒不由分说地把票塞到文雅手里。

他希望她来。

“真的给我？”

文雅愣愣地看着手里的票，也不知道哪根筋搭错了，竟鬼使神差地问了一句：“那我可以卖掉吗？”

半个月生活费呢，就当刷鞋工资了，机不可失。

陆逸寒看着两眼放光的文雅，威胁意味十足：“你说呢？”

他就不该跟这丫头废话，而是直接把人扔出去。

“不卖，不卖。”文雅脚底抹油，直接开溜。

沙画表演当天，文雅早上六点就被陆逸寒一通电话吵醒。

“去这么早干什么？”如果她没记错，画展九点半才开始，她八点起床完全来得及。

“东西太多，我自己拿不了。”

“陆逸寒，你送我票的目的，是为了让我给你当搬运工吧？”文雅在车上一连打了几个哈欠，终于后知后觉地意识到，她又一次被这家伙套路了。

陆逸寒从后视镜看了文雅一眼：“早说过，天下没有免费的午餐。”

更不会有免费的票。

“你……”文雅气呼呼地别过脸，不去搭理腹黑的陆逸寒。

周末早上不堵车，很快到了会展中心，车子停稳，文雅刚要下车，一辆白色跑车从旁边飞驰而过，不偏不倚，正好挡在他们面前。

文雅微微蹙眉：“现在的富二代，真是越来越不像话了。”

陆逸寒轻轻点头，表示认同。

跑车先一步停稳，车上跳出来一个穿着浅蓝色西装的年轻男生，身姿挺拔，气度不凡，一双桃花眼微微含笑，帅气十足，是个不折不扣的少女杀手。

男生并没有离开，而是走过来敲敲车窗，满脸嫌弃：“早就让你把这辆老爷车换了，慢得要死。”

陆逸寒瞥他一眼：“换不起，要不把你那辆送我。”

“陆逸寒，小爷大清早爬起来给你捧场，你不感激涕零就算了，这是什么态度？”

“不太欢迎的态度。”陆逸寒瞥了那男生一眼，开门下车，“以后少跟爷爷说我的事，再给我惹麻烦，看我不把你踹回英国去。”

“我那是为你好，你这家伙有没有良心？”

文雅微微摇头，没有。

这边，男生跟陆逸寒你一言我一语，看起来很亲近，能开这种拉风跑车的人非富即贵，陆逸寒的交友圈子还挺广的。

文雅正默默嘀咕，宋绍泽的目光已经转到她身上，他亲切地招招手：“你就是文雅吧，我叫宋绍泽，是逸寒的表哥，以后咱们就是一家人了，哥罩着你。”

表哥？

怪不得她总觉得他眼角眉梢间跟陆逸寒有几分相似，原来真是亲戚。

只是这位大哥未免太自来熟了，比陆逸寒路子还野，不愧是一家人。

文雅笑着打招呼：“绍泽哥好。”

陆逸寒三两步走过去，不动声色地站到文雅和宋绍泽中间，满脸嫌弃：“看个表演而已，要不要穿成这德行。”

听到陆逸寒的话，宋绍泽瞬间爹毛：“你个没良心的，小爷为了给你捧场，连老爷子的会都翘了，特意选了套最好看的衣服，你不感动得痛哭流涕就算了，居然还嫌弃我！”

陆逸寒抬手往大门口指了指：“你要不想留下，现在就可以走了。”

“我好不容易来的，凭什么走？”宋绍泽不想在陆逸寒身边挨怼，索性往文雅身边凑，抱怨道，“这人从小就讨人厌，越长大越欠揍。”

文雅悄悄点头，表示认同。

“有完没完？”陆逸寒剑眉一横，把工具箱往宋绍泽手里一塞，“拿好了，宋助理。”

“不务正业。”宋绍泽稳稳接住箱子，嘴上却嫌弃得不行，“你可得对我好点儿，否则我直接撂挑子，让老爷子把你逮回去干活。”

“行，我谢谢你。”陆逸寒看看宋绍泽，又看看文雅，似乎是在威胁他不许乱说话。

“瞧你那小气的样子。”宋绍泽不理会陆逸寒，向文雅笑笑，“咱们走，不理他。”

文雅立刻抬眸征求陆逸寒的意见。

她敢这么跟宋绍泽走了，陆逸寒就敢把她扔出去。

文雅超强的求生欲让陆逸寒心情大好，点头道：“到观众席坐吧，我去后台做准备。”

“好。”

看着陆逸寒离开的背影，宋绍泽白眼一翻，嫌弃道：“你是有多想不开，看上这小子。”

“绍泽哥，我们俩并不是……”

宋绍泽没有听文雅解释，自顾自下了结论：“我知道，你一定是被这小子骗了，他套路多着呢，让人防不胜防。”

“对。”这点，文雅一百个认同。

时间还早，观众席上没有几个人，宋绍泽和文雅在第一排靠近舞台的位置坐下。文雅想了想，突然问道：“绍泽哥，陆逸寒这么喜欢沙画，大学为什么要报法律专业？”

她特意查过，这次沙画表演级别很高，参加表演的两位画手在业界声誉极高，他们不止一次代表国家去国外表演。以陆逸寒的沙画水平，他完全有实力成为一名优秀的职业画家。

“他外公不许呗。”宋绍泽慢悠悠地喝了口咖啡，无奈地解释道，“他外公在司法系统里干了一辈子，脑筋比《汉穆拉比法典》还要古板，他认为画画就是玩物丧志，逸寒从小是他外公带大的，当然不能惹他生气。”

“他父母呢？”文雅微微有些诧异。

这下轮到宋绍泽诧异：“他没跟你说过？”

文雅摇摇头：“没有。”

“他妈是法官，每天忙得脚不沾地，一年也见不上几面。”

“哦。”难怪陆逸寒会对法律条文如数家珍，原来是家学渊源。

文雅还想问什么，但宋绍泽似乎意识到自己说多了话，不动声色地把话题岔到别处。

两人说话的工夫，刚刚还空荡荡的观众席很快坐满了人，可见陆逸寒人气之高。

这次沙画表演的主题依旧是古风爱情，这次陆逸寒带来的是宋朝文豪陆游和妻子唐婉的爱情故事。普普通通一捧细沙在陆逸寒手里被赋予了不同的生命力，动静之间，一段跨越近千年的爱恨情仇跃然于眼前。

爱情是两个人的事，却又从来都不仅仅是两个人的事，人生有千难万难，如果最亲近的两个人都不能相互扶持，倒不如从一开始就放弃，反而不至于落定彼此悲剧的结局。

文雅不喜欢哭，可每次看陆逸寒的沙画表演，她的眼泪就止不住往下流，就好像她是那故事里的主角，亲身感受过那些心焦无奈，喜怒哀乐。

情绪太过投入，陆逸寒从台上下来时，文雅长长的睫毛上还挂着几滴泪珠。

“好了。”陆逸寒也懒得去找纸巾，直接扯着袖子帮文雅擦眼泪。

平时大大咧咧，偏偏每次沙画表演都能看哭，这丫头还真是捧场。

“没事。”文雅擦了擦眼角，突然问，“陆逸寒，你说爱情真有那么好吗？”

为什么她觉得在爱情里，总是悲伤大于喜悦。

“某些人想谈恋爱了？”

“才没有呢，我只是随便说说。”文雅被陆逸寒调侃得脸皮发红，只能把话题扯开，“陆逸寒，你相信第六感吗，我总觉得林法官就在我身边不远的地方，我却不知道怎样才能走到她面前。”

“林法官，那不就……”宋绍泽想要说什么，却被陆逸寒一个眼神定在当场，把后面的话化成深深的欲言又止。

“什么？”文雅疑惑地蹙了蹙眉。

宋绍泽不敢多说，摸了摸自己的鼻子，若无其事道：“没什么，我有点渴了，你帮我买瓶水呗？”

“好。”

“为什么不告诉她？”趁文雅去买水的空隙，宋绍泽看向陆逸寒。

陆逸寒神色一黯，不以为意道：“没什么好说的。”

“不是一家人不进一家门，我觉得这就是天意。”宋绍泽直接说破，“其实你心里早就不怪她了，否则也不可能喜欢上这丫头。”

不怪吗？

这么多年过去了，怪也不知从何怪起了吧？

陆逸寒心烦意乱，逼着自己不再去想林清怡的事，冷冷道：“谁说我喜欢她？”

“还用说吗？”宋绍泽把陆逸寒拉到镜子前，“看看，就差写脸上了。”

陆逸寒被戳中心事，心虚地瞪了宋绍泽一眼：“你知道得太多了。”

“那可不……”

“表演结束，你该走了。”陆逸寒有点心烦意乱，不打算就这个话题跟宋绍泽继续聊下去。

宋绍泽抗议：“你也太抠了吧，说好了请我吃午饭……”

“再不走，我让爷爷亲自来请你。”陆逸寒似笑非笑，威胁意味十足。

“行，你够狠。”宋绍泽最怕自己外公，闪得比兔子还快，等文雅拿着水回来，早就不见了人影。

“人呢？”

“我不是人？”

“我是说绍泽哥。”宋绍泽开朗畅谈，又不跟陆逸寒一样处处跟自己对着干，文雅对他的印象挺不错。

陆逸寒伸手一指：“往那边走了，现在追还来得及。”

“无聊。”文雅瞥了陆逸寒一眼，往前走了几步才想起来什么，连忙止住脚步，“听说你妈妈也是法官，她认不认识林法官？”

陆逸寒微微一怔，语气中有微不可察的紧张：“宋绍泽跟你说什么了？”

“没什么。”文雅不明白陆逸寒的情绪为什么变得这么突然，想了想还是解释道，“我没有窥探隐私的意思，只是……”

“她没有你想的那么好。”

文雅不想跟陆逸寒吵，尽量放缓了语气：“陆逸寒，你为什么会对林法官有这么大的偏见？”

“没有。”

“你有。”文雅看着陆逸寒，“否则第一次见面时，你不会故意给我指错路。”

“说不说是你的自由，但我不希望再听到任何诋毁林法官的话。”文雅神色复杂地看了陆逸寒一眼，“谢谢你请我看演出，我先走了。”

“我可以带你去见林清怡。”看着文雅转身的背影，陆逸寒鬼使神差般地喊了一句，说完，连他自己都愣住了。

“林清怡”三个字，如同电门，让已经走出两步的文雅瞬间定在原地：“真的？”

这家伙的话，能信吗？

“不信啊，不信我走了。”陆逸寒也不解释，作势就要离开。

“信，我信。”文雅三两步冲上去拦住陆逸寒的路，“什么时候去？”

对文雅来说，见林清怡这个诱惑实在太大了，就算只有一点点希望，她都不能错过。

“你就那么喜欢她？”陆逸寒觉得自己越来越没出息了，连女人的醋都吃。

“那不叫喜欢，叫崇拜。”文雅一板一眼地纠正，追问道，“咱们什么时候去？”

“看我心情。”

“不行。”文雅拽住陆逸寒的胳膊，“我们俩来一场学习比拼，如果我赢了，你必须尽快带我见林法官。”

“你，赢我？”这丫头人不大，口气倒不小。

“对，我赢你，比什么你随便挑。”

“你可别后悔。”

不后悔吗？不，文雅悔得肠子都青了。

因为摆在她眼前的是一本比砖头还厚的《中华人民共和国法律法规全书》，随手翻了翻，足足有一千八百九十四页。

这是书？明明是拍贼用的板砖好不好？

“中华人民共和国法院组织法。”

“中华人民共和国法官法。”

“中华人民共和国物权法。”

……

“这些都要看完？”文雅一边翻着目录，一边陷入凌乱，陆逸寒这家伙是打算把大学四年的课程压缩到一起，让她半个月学完？

有点过分……看得起她了吧？

想到文雅对林清怡近乎执拗的崇拜，陆逸寒就觉得浑身无力，脱力般往沙发上一瘫，抬手揉了揉疲惫的眉心，淡淡道：“你不会怕输吧？”

“谁输还不一定呢。”底气不足气势来凑，在学习上，文雅绝不肯落下风，当即答应下来，“怎么比？”

陆逸寒想了想：“每人抽签选一组条例，三天后由对方抽查三个问题，全部答对才算赢。”

文雅打开书仔细翻了几页，抬眸道：“这些条例有多有少，有易有难，抽签选，也太不公平了吧？”

“人生本来就是不公平的，早点认清这一点不是坏事。”陆逸寒有意培养文雅的学习能力，摊摊手，“怎么样，敢不敢接受挑战？”

“成交。”为了能早日见到林清怡，文雅绝不退缩。

答应容易，学起来可就没那么简单了，对于这些生硬的法律条文，任谁都没有别的办法，只能死记硬背。

接下来几天，文雅无论走路吃饭还是晨跑锻炼，就连睡梦中都是法律条文，只差没头悬梁锥刺股。

周末，文雅照例去给陆逸寒刷鞋，刚进门，陆逸寒就觉得文雅脸色有些不对劲。

“不舒服吗？”

“没事儿。”文雅揉了揉太阳穴，不以为意地笑笑，“脑子里知识太多，头比以前沉了。”

“胡说。”陆逸寒伸手往文雅额头上探了探，蹙眉道，“你发烧了。”

这丫头是学习学傻了吗，连自己生病了都不知道？

“只是有点着凉而已，我已经吃药了。”文雅推开陆逸寒的手，满脸傲娇，“我学习效率很高，还有五十几页就看完了，可以看完再刷鞋吗？”

“别看了。”陆逸寒把书远远扔开。

埋头苦读的见得多，读到不要命的，这傻丫头还是第一个。

文雅撑起身子，伸手去够桌子上的书：“我真的没事。”

“躺下。”陆逸寒板着脸威胁，“你今天必须好好休息，如果让我发现你偷偷看一个字，这辈子你都别指望见到林清怡。”

“陆逸寒，你怎么说话不算话？”

陆逸寒取了条厚毛毯给文雅盖上，淡淡道：“我答应让你见林清怡，没答应让她参加你的葬礼。”

“……”

这家伙嘴里就没句好话。

陆逸寒泡了杯 VC 泡腾片给文雅喝了，命令道：“闭眼睛，睡觉。”

“我不……”

“马上。”陆逸寒语气严厉，丝毫没有反驳余地。

“行。”眯一会儿好了，左右这家伙不可能一直盯着，等他走了，自己再起来看书。本来只想假寐一会儿，可文雅这几天没日没夜地学习，早就疲惫不堪，闭上眼没一会儿就睡着了。

听着文雅均匀的呼吸声，陆逸寒稍稍松了口气。

这丫头看起来大大咧咧，实际上却倔强得要命，认准的事不达目的决不罢休，跟林清怡的性子如出一辙。

要不是差了两岁，陆逸寒绝对要怀疑林清怡当初抱错了孩子。

这一睡就是四个小时，等文雅醒来时，已经日落西山了。

“怎么睡了这么久！”

规定时间已经到了，她还有好几个章节没有看完，要是输了，这些天的努力就白费了。

书没看完，底气不足，文雅试着商量道：“陆逸寒，能晚几天再比吗？”

“喝了。”陆逸寒把碗递过去，看着文雅把粥喝完又吃了药，才慢悠悠道，“怎么，想出尔反尔？”

“不是，我……”文雅抿了抿唇，“好吧，就今天比。”

原以为必输无疑，可运气似乎还不错，陆逸寒提了三个问题，文雅都顺利答了上来。更让她吃惊的是，轮到陆逸寒回答时，对方竟然一问三不知，什么都说不出来。

“陆逸寒，你不会故意放水吧？”

“没有。”

文雅仔细打量着陆逸寒，看他的样子的确不像说谎，无奈道：“那你该去大一回炉重造了。”

“嗯。”陆逸寒随手把书一扔，“我输了。”

这样轻易认输，不是陆逸寒的风格。

根据以前的经验，文雅总觉得自己又掉进了陆逸寒的套路里，却又说不出哪里不对。

第二天一大早，陆逸寒在众目睽睽之下，进了法律一班教室。

陆逸寒的出现，瞬间吸引了所有人的目光，马上有学生围上去打招呼："师哥，你怎么来了？"

陆逸寒一如既往地平易近人，笑呵呵道："有人说我没学扎实，需要回炉重造。"

"谁那么狂妄自大，胡说八道！"立刻有同学提出抗议。

陆逸寒这种学神级人物需要回炉重造，那他们一众学渣，大概需要回娘胎里重生了。

"……"文雅暗暗叫苦不迭，恨不得把头埋到桌子底下去。

就知道这家伙认输认得有问题，原来打的这个主意。

现在只求他千万别坐到自己身边，她可不想成为全系女生的假想公敌。

她脑子里的念头还没转完，那双熟悉的球鞋已到眼前。

"师哥好。"坐在文雅旁边的李如和汪旭齐齐跟陆逸寒打招呼。

"早。"陆逸寒笑笑，"还没吃饭吧，我给你们带了早餐。"

"谢谢师哥！"

收了贿赂，刚刚还答应绝对不换座的李如和汪旭，一个比一个跑得快。

文雅咬牙切齿。

叛徒，都是叛徒。

比起叛徒，眼前的始作俑者更让人生气，文雅把头埋进书里，磨了磨后槽牙："陆逸寒，你别闹了行不行？"

文雅紧张的样子，满足了陆逸寒恶作剧的心情，他嘴角上扬："是你说我输了就来补课，怎么，后悔了？"

"我让你补课，没让你来教室。"更没让他坐到自己身边。

陆逸寒在众目睽睽之下跟自己坐到一起，必定会引起所有人的注意，下课后再被人添油加醋传出去，她就算浑身是嘴也解释不清楚。

陆逸寒似乎浑然不觉，挑眉笑笑："你很紧张？"

"我……"文雅抬头，就见整个教室的目光齐齐汇聚在他们身上。

一道道灼热殷切的目光，那是给陆逸寒的，她只是有幸被扫到。

愤怒冰冷羡慕嫉妒恨的，才是给她的。

老天爷，她可以旷课吗？

陆逸寒慢悠悠地翻着书："你说让我来大一回炉重造，我只是兑现诺言而已。"

"我让你回炉重造，没让你坐我身边。"文雅侧了侧身子，尽量跟陆逸寒的距离拉得远些。

这家伙明摆着就是故意的，太过分了。

好不容易上完两节课，文雅在全班同学的目送中，以最快的速度跑出教室。

陆逸寒，你个不怀好意的家伙！

直到回宿舍，文雅脸上的灼热都没能消退。

陆逸寒。

不知道从什么时候开始，这三个字，总能轻易挑起她的喜怒哀乐，让她不知道该怎么去面对。

喜欢他？

她也说不清楚。

“喜欢陆师哥就直说，别像我这么没出息。”

文雅一直在发呆，连李如什么时候回来的都不知道，直到她说话，才回过神来。

“我自己也说不清楚。”文雅轻叹一声，心里那团杂草在疯狂滋长，越来越乱。

“看你这个口是心非的样子。”李如调侃，“你不好意思说，我帮你跟陆师哥表白。”

“我谢谢你。”文雅拎起抱枕就砸，“一边儿去，别让我再听见‘陆逸寒’三个字。”

喜欢上一个人真的那么容易吗？

陆逸寒对她的确很特别，可特别就一定是喜欢吗，也不见得，更何况，他很不希望自己成为法官，与其到时候跟姐姐一样在爱情和理想之间左右为难，倒不如像现在这样相安无事。

唉！

第五章

/

我不靠脸吃饭

转眼就到了国庆节，假期前几天，李如几人就开始收拾东西，有的回家，有的跟家人出去旅行。

因为上次爽约的愧疚，文心多番协调排除万难，总算调出三天宝贵的休息时间，准备带文雅去故宫、颐和园等著名景点逛逛。

想着能跟文心一起待三天，文雅就兴奋得睡不着觉，考虑到顾曼漓家远在千里之外，肯定舍不得来回的路费，索性邀请她跟自己一起过节。

“小雅，你跟姐姐好好玩，我就不去了。”顾曼漓早早在网上找了兼职，想着买个拿得出手的手机，省得经常被室友嘲笑。

文雅最喜欢顾曼漓身上那股自强不息的劲头，鼓励道：“你是学市场营销的，应该找个销售类型的兼职，多跟人打交道，慢慢就不会拘谨了。”

“我也是这么想的。”顾曼漓比文雅大两岁，却像个小妹妹一样亲昵地挽着对方的胳膊，轻笑道，“有你天天耳提面命，我不想进步都不行。”

“我怎么觉得你在嫌我啰唆呢？”文雅嗔怪地白了顾曼漓一眼，

又有些不放心道，“那几个人最近有没有再闹幺蛾子？”

“上次被你训斥之后，她们消停了许多，不怎么针对我了。”顾曼漓的神色稍稍有些僵硬，很快转了话题，“算起来这七天能赚一千多块钱，等发了工资，请你吃火锅。”

见顾曼漓比前几天精神了许多，人也越来越自信，文雅打心眼里高兴，点头道：“好。”

假期第一天，文雅一大早就来到刑警队，可惜文心一早就接到紧急任务，忙得不见人影，文雅左等右等，人都要睡着了，才好不容易把人给盼了回来。

“老姐,现在想见你一面,比见国家领导人都难。”文雅趴在桌子上，有气无力地翻着白眼。

“看你这弱不禁风的样子，估计也没力气逛故宫，不如就在这儿继续坐着吧。”

文心的五官跟文雅有五六分相似，那双灵动的大眼睛更是如出一辙，只是文心身上多了几分巾帼不让须眉的英气，跟文雅的聪慧狡黠互为辉映，相得益彰。

“别别别。”一听去不了故宫，文雅立刻满血复活，拉着文心的胳膊撒娇，“好姐姐，你是天底下最好的姐姐了，一定不忍心看着你可怜的妹妹无聊，对不对？”

这警局就像个不定时炸弹，说不定下一秒又有什么事，早离开早安全。

文心无奈摇头："急什么，总要让我把衣服换了。"

"不用换不用换，就这身最好，走哪里都没人敢欺负。"文雅才不管那么多，连拖带拽地拉着文心出了刑警队，打车直奔故宫。

虽然无数次在电视里看到过故宫，但真正身临其境的感觉却是完全不同的。看着周围熙熙攘攘的游人，文雅忍不住感叹："明成祖朱棣一定想不到，他建造的这座宫殿在六百多年后，还能源源不断地给国家贡献门票收入。"

"历史的车轮不停向前，他们留下的东西，是后人最宝贵的财富。"文心微微一笑，语气中多了几分严肃，"或许是我没有处在那个位置上，所以，我看不上任何一个封建帝王。"

"时代在进步，这样的观念并没有错。"文雅理解文心的想法，却并不认同，她抬头看了看京城难得一见的碧蓝天空，"朱棣身上有着旁人难以企及的自律品质，单凭这一点，他就是我的好榜样。"

文雅从识字起就跟着父亲读史书，这么多年来最喜欢的历史人物就是朱棣，文心在其多年如一日的"强行灌输"下，也了解了不少，便趁机教育道："法律是很枯燥的，你既然选择了，就要持之以恒，别等新鲜劲儿过了就偷懒。"

"才不会呢，也不看看我的偶像是谁。"

"你的偶像太多。"文心的语气虽然很嫌弃，眸光中却满是宠溺，

“别气馁，以后总会再有机会见到林法官的。”

一提这茬儿，文雅脑海中立刻闪过陆逸寒那张痞帅的脸，一股说不清道不明的复杂情绪涌入喉间，正想骂几句解解气，然而一个回眸，却被眼前这一幕深深吸引住了。

讲解室的大屏幕上正播放着沙画视频，一把细沙在那双纤细的巧手下仿佛拥有了生命力，将故宫里一座座标志性殿宇，活灵活现地展现在众人面前。

宫殿院落的石桌上，摆放着一副围棋，一对身着古代服饰的男女执黑白棋子对弈，微风起，金黄色的桂花从树上飘落，仿佛隔着屏幕都能闻到满院丹桂芬芳。

岁月静好。

文雅脑海中不觉闪过迎新晚会上陆逸寒画的那幅沙画，虽然是截然不同的故事，但故事里所传达出的生命力，如出一辙。

“画得真好，真漂亮。”

“最近社交软件上，各种各样的沙画可火了，但我觉得都没有这幅好看。”

“依我看，主要是有生命力。”

爱美之心人皆有之，不仅文雅觉得好，周围的游人亦啧啧称赞。

“怎么，你觉得不好看？”见文雅微微蹙眉，文心有些好笑地问道。

“好看是好看，但没有我师哥画得好看。”本着公私分明的“伟大精神”，文雅决定正视陆逸寒的优点，“我们法学院有一个师哥沙画画得特别好，不仅人物形象生动饱满，故事也流畅自如，代入感特别强，让人有种身临其境的感觉，而且他人长得特别帅，学校里好多女生都喜欢他，最夸张的是，好多男生也崇拜他，简直男女老少通吃，还有，他篮球打得也特别棒，就是……”

文雅还想说就是人品有问题，文心已是饶有兴趣地打断道：“好呀，这才开学几天，就暗恋上学长了？”

“谁暗恋学长，我……我才不稀罕那么不靠谱的男生呢。”反驳的话底气十足，可文雅总觉得莫名心虚，下意识地把目光移向别处。

“不靠谱？”文心不愧是刑警队一姐，分分钟提炼到关键字眼，透过现象直击本质，“原来不仅仅是暗恋啊。说，开学这不到一个月的工夫，你都瞒着我做什么了？”

过了十八岁生日就是成年人，文心并不反对文雅谈恋爱，但总要知道妹妹交了个什么样的男朋友，别稀里糊涂被人给骗了。

“文大警官，您老人家能不能别拿审犯人的眼神来看我？”文雅只觉得面部一阵烧灼，不用想也知道脸红得厉害，逃也似的转身向外走，谁知……迎面便撞见那张脸。

发型、神色、表情都一模一样，要不是那条粉红色运动裤实在太辣眼睛，文雅几乎要怀疑陆逸寒是从自己脑海里走出来的。

“你怎么在这里？”要知道这是北京，不是某个四五线小城市，在这里，只要不提前商量好，几乎一个转身就是一辈子。再说了，故宫有几千间宫室，即便同一天进来游玩，也很难碰到。

陆逸寒嘴角微勾，微微含笑的目光左右打量一圈，最后定格在文雅身上："这里有写我不能进吗？"

"少抬杠。"被人俯视的感觉实在太不舒服，文雅下意识地后退一步，以缩小身高的劣势，"你什么时候来的？"

陆逸寒抬手捋了捋刘海儿，仿若无意道："大概……从你夸我的时候吧。"见文雅面露窘色，陆逸寒只觉得心情大好，幽幽补充着，"没想到在你眼里，我竟然那么完美，真是很……意外啊。"

完美？

完你个大头鬼！

"自恋是种病，得治。"文雅肠子都快悔青了，暗暗对灯发誓，以后在任何时间任何地点，都绝不提及跟陆逸寒有关的一个字。

"心口不一也是病，比自恋还严重。"陆逸寒俯身在文雅耳边怼了一句，越过她向前走去，主动跟文心打招呼，"姐姐好，我是陆逸寒。"

文心隐约听到两人的对话，知道眼前这个男生就是文雅刚刚赞不绝口的师哥，含笑道："我是文心，很高兴认识你。"

"姐姐，还有好多地方没逛呢，咱们抓紧时间吧。"文雅不想加深文心的误会，更重要的是不想让她受陆逸寒的"毒害"。

"不着急。"文心是什么人，怎么可能被文雅三言两语拉走，在给了妹妹一个"不许捣乱"的威胁眼神后，继续跟陆逸寒聊道，"听小雅说，你沙画画得很好。"

身为刑警，文心的心思自然比一般人要缜密许多，她并不认为这是寻常偶遇，陆逸寒更不可能无聊到跟踪文雅，所以……

见文心探究的目光在自己跟沙画视频之间来回移动，陆逸寒就知道对方猜到了原因，含笑点头："这个宣传片第一次随展览播放，我过来看看效果。"

"这是你画的？"难怪有种似曾相识的感觉。

"小雅这丫头平时说话总喜欢夸张，能信上七八分就不错，看来这次倒是例外。"文心不吝赞美，"你的沙画，的确非常漂亮。"

"谢谢。"陆逸寒没有谦虚，补充道，"我在故宫做了两年多的志愿者，对这里很熟悉，如果姐姐需要，我可以做您的讲解员。"

"不用了。"文雅想都没想就回绝。

无事献殷勤，非奸即盗，她可不信陆逸寒这家伙能有这么好心。再说了，她虽然第一次进故宫，但之前看过许多纪录片，了解到的东西并不见得比他少。

"这么漂亮的青花瓷，如果没摔碎的话，应该值不少钱吧？"文心直接忽略掉文雅的意见，抬手指了指不远处的橱窗。

"姐姐，这么简单的问题，你问我就可以了呀。"文雅越过陆逸寒，挤到文心身边抢答，"明朝青花瓷主要分为三个发展阶段，分别是洪武、永乐、宣德年间，正统、正德年间，嘉靖、崇祯年间，这个瓷壶是永乐年间的，我记得曾有个青花四季花卉纹扁壶曾拍出一亿两千万的高价，它若是不碎，怎么也得值几千万。"

"咳，咳……"陆逸寒差点儿被自己的口水呛死。

这丫头是真敢说，也不知道谁给她的勇气。

陆逸寒鄙视的神色实在太明显，文雅想忽略都不行，瘪嘴反问：“怎么，你有不同意见？”

“花几千万买这么个东西，除非脑子被门板夹过。”陆逸寒毫不客气地否定了文雅的言论，随后解释道，“明朝青花瓷分官窑制作和民窑制作两种，官窑因为财力雄厚，往往做工精细，讲究精神文化，民窑财力有限，生产出来的瓷器比官窑粗糙，价格自然也便宜些，这个瓷壶，一看做工就是民窑的。”

被陆逸寒这么一提醒，文雅也察觉出问题。她想了想，还是有些不服：“怎么着这也是明初永乐年间的东西，年代总要更久远些吧。”

“正因是永乐年间的东西，所以，价值还要再打折扣。”陆逸寒也不知道自己今天怎么这样有耐心，详细解释道，“纵观整个明朝时期的青花瓷，业界公认的标准，宣德青花是最好的，成化次之，永乐最差。”

“没想到你对瓷器也有研究。”文心看陆逸寒的目光，更多了几分赞赏。

这个男生虽然在衣着上有那么一点点不着调，但谈吐得体，学识渊博，整个人有种少年老成的持重，跟自家这个锋芒过于外露的妹妹在一起，倒是出奇的登对。

“闲来无事的时候看过几本书。”这般解释了一句，陆逸寒也没忘记回答文心的问题，“这个瓷壶如果不碎，价值在六十万人民币上下，碎成这个样子，就只能卖到原价的三分之一。”

讲解完瓷器，三人一同向外走。事实证明，陆逸寒并没有吹牛，无论经过哪座宫殿，甚至某个不起眼的小角落，他都能立刻说出与其有关的故事，堪比移动讲解器。

他的讲解风趣幽默通俗易懂，连文心那么严肃的人，都被逗得开怀大笑。

“怎么，还不服？”趁文心接电话的工夫，陆逸寒向文雅“挑衅”道。

“服，墙都不服就服你。”文雅白眼都快翻上天，“陆逸寒，郭德纲老师没收你为徒，简直是天大的损失。”

学什么沙画啊，这家伙就该去学相声，有他在，岳云鹏、张云雷几个都得靠边站。

“是吧。”陆逸寒不予置否地点点头，把手伸到文雅面前，“你倒是提醒我了。”

“什么意思？”文雅一头雾水。

“听相声总不能白听吧，出场费。”

还带这么顺杆往上爬的？

文雅被陆逸寒的无赖行为气笑了，正打算向对方讨要精神损失费，却被文心急匆匆的话语打断：“局里临时有任务，我要马上回去。”

“姐姐，你今天不是调休了吗，怎么又有事？”文雅不是不理解文心的工作，只是姐妹俩小半年没见，好不容易出来玩一趟却被中途打断，伤心难过也是情理之中的事。

“很紧急的事情，必须马上处理。”文心来不及解释太多，从包里掏出五百块钱塞到文雅手里，又抬头向陆逸寒道，“逸寒，你陪小雅再逛一会儿，晚上你们俩找个地方吃顿好吃的，姐姐请客。”

“姐姐……”文雅还想再说什么，可文心的身影已经快速消失在人群中。

“都是一样的人。”陆逸寒的声音中骤然多了几分冷意，像是在说文心，又像是在说别人。

文雅一头雾水，茫然地看向陆逸寒：“嗯？”

“她基本没什么时间陪你吧？”

“你都看见了。”文心一走，文雅的兴致也低落了许多，随着陆逸寒的脚步，漫无目的地在宫道上溜达着，“自从姐姐进了警校，我只有过年的时候才能见她一面，毕业进刑警队以后就更别说了，年都没办法回家过。”

难怪姐姐说自己早就做好了孤独终老的准备，就这五加二白加黑地工作，想找个能理解她的男朋友，实在不是什么容易事儿。

“你怨她吗？”许是同病相怜的缘故，陆逸寒鬼使神差般地又追问了一句。

“有时候会有那么一点点，但很快就释怀了。”文雅并没有掩饰自己的失落情绪，实话实说，“姐姐说了，既然因为热爱而选择一份工作，就要做好风雨兼程的准备。”

就像她一样，明知道学法律做法官是一条枯燥烦琐，又充满着诸多严峻挑战的路，但还是毅然决然地选择了。

因为懂得，所以理解。

“仅仅是因为崇拜林清怡而喜欢法律，是不是太武断了些？”林清怡这一路走来到底经历了什么，没有人比陆逸寒更清楚。

“我崇拜的不是林法官，而是她所代表的，这世间难有的公平公正。”文雅的声音不大，语气中却透着深思熟虑后的坚定。

她原本不想再多说什么，但想起初遇时陆逸寒的所作所为，稍稍犹豫一下，还是解释道：“十年前，我妈妈出于对朋友的信任，将家里仅有的八万块钱借给对方应急，不料对方渡过难关后，却怎么也不肯承认借过这笔钱，当时恰逢开学季，爷爷又生病住院，那会儿对我们家来说，这八万块就是救命钱，可由于没有写欠条，钱就没办法要回来，妈妈又伤心又生气，一病不起。”

“后来呢？”

“后来我们遇到了正好在县城法院办案的林法官。”虽然时隔十年，但文雅说起来，语气中仍带有轻微的哽咽，“林法官很同情妈妈的遭遇，更不想让好心人从此寒了心，便借助中间人的力量，想尽办法从对方口中套出曾经借款的事并悄悄录音，通过妈妈当年取款的 ATM 机查询到那笔钱的账号，跟踪钱款流向，最后把钱要了回来。”

欠债不还，对法院来说，不过是一个小得不能再小的案子，但之于文雅一家，却是天都要塌下来的大事。对于一个来基层调研的领导来说，完全可以不用理会，但林清怡没有，她用自己的实际行动让世间少了一桩冤案，让文雅一家重见光明。

文雅所期望的其实很简单：用自己的知识才学，为维护中国法律的公平公正尽一份微薄的力量。

她相信，当年的林清怡一定也是这么想的。

陆逸寒默然。

十年前，林清怡想尽办法为文雅妈妈调查取证的时候，他也正翘首企盼着妈妈能回家陪自己过生日，可是，直到冰激凌蛋糕化成一摊水，也没能如愿等到母亲回家。

陆逸寒怎么也没想到能从文雅口中听到这些，心里顿时千头万绪。他努力把自己的思绪从这些陈年症结中拔出来，似是自言自语般："如果有一天，你发现她并没有你想的那么完美，怎么办？"

"没有人是完美的。"文雅眼睛里满是愧疚，"林法官在工作上付出太多，我记得帮妈妈办案那天是她儿子的生日，她没办法回家陪儿子，就给他买了把水枪做礼物，可因为我喜欢那把水枪，她就把水枪送给了我。"

那把小水枪给了文雅？

陆逸寒有些错愕，不知道该感叹缘分奇妙，还是世界太小。

"现在想起来，真的挺对不起那个哥哥。"文雅有些愧疚地摇摇头，"以后见了他，我一定当面跟他说句对不起。"

"他不会怪你的。"陆逸寒鬼使神差般接了一句，话音落下，连他自己都愣住了。

文雅微微诧异：“你怎么知道？”

因为我就是他。

“这么多年了，谁还会记得这种小事。”陆逸寒没有把实话说出来，转移话题，“走吧。”

“去哪里？”

“文心姐临走前特意吩咐你请我吃饭，这么快就忘了？”陆逸寒又变回之前那副玩世不恭的模样，让文雅以为适才那个深沉的他，是自己的错觉。

文雅看了看在手里握得有点湿漉漉的钱，也不推托，眸光一闪：“好啊，我请客，所以吃什么得我来选。”

海底捞火锅。

“来个麻辣锅底，最辣的那种。”文雅是个无辣不欢的人，但平时也不至于吃最辣的，主要原因嘛……咳咳，据她回忆，陆逸寒家厨房并没有辣椒油，所以说，这家伙很可能吃不了辣。

趁机捉弄捉弄他，省得他没事总喜欢给自己添堵。

可能很少见人这么点锅底，服务员稍稍犹豫一下，客气地劝道：“女士，咱家这个麻辣锅底比平常辣锅要辣许多，建议您还是拼个清锅比较好。”

“不用，我们都特别能吃辣。”文雅大大的眼睛忽闪着狡黠的笑意，“师哥，你说是吧？”

苍天大地，她可不是没给这家伙拒绝的机会，至于接不接茬儿……就看他自己了。

陆逸寒如何看不穿文雅的小花招，微眯的丹凤眼含笑注视了她片刻，勾唇道：“就来辣锅。”

服务员微笑着鞠了个躬：“好的，请稍等。”

锅底很快端了上来，红彤彤的，很是喜庆的样子。文雅用公用筷轻轻搅拌着，还特意用手把热气往对面扇了扇：“师哥，这个味道简直太棒了，一会儿你一定要多吃点。”

哼，让这家伙嘴硬，看过会儿他怎么收场。

想到陆逸寒辣得直吐舌头并往嘴里猛灌饮料的滑稽模样，文雅就忍不住笑出声来。

“我当然要多吃，否则岂不是不给文心姐面子。”陆逸寒微微挑眉，似笑非笑。

这会儿，锅底的热气已经冒了出来，在蒸汽的衬托下，陆逸寒原本就十分白皙的皮肤更显得晶莹剔透，宛如上好的羊脂白玉。

文雅看着眼前的俊颜，又摸了摸自己下巴上刚长出来的两颗痘痘，只觉得羡慕嫉妒恨，不由得脱口而出道：“一个大男人，怎么好意思长得比女生还好看呢，实在太没有道理了。”

陆逸寒挑了挑眉：“我怎么觉得某些人羡慕嫉妒恨呢？”

“你说对了，我就是羡慕嫉妒恨。”文雅看陆逸寒一眼，“少得意，你长得帅是你爸妈会生，跟你自己有什么关系。”

提起爸妈，陆逸寒心底尘封许久的某处伤疤似乎被撕扯了一下，只觉得疼痛难忍。他暗暗深吸一口气，淡淡道：“我不靠脸吃饭。”

文雅想反驳来着，然而陆逸寒的确处处优秀，根本无从反驳，吃瘪地努努嘴：“是，你最厉害了。”

厉害？

哼，马上就让你知道什么叫“怀疑人生”。

“唔，咳咳……”的确有人被辣得怀疑人生

文雅闷头灌了一大口饮料，酸梅汤的清凉仿佛是一针催化剂，将口中的辛辣推进到烧灼的顶点。

“吃了辣不能马上喝水，这是常识。”

文雅一脸哀怨。

常识个大头鬼，有本事你说出更好的解决办法来。

事实证明，“量变能引起质变”绝对是铁打的真理，连续两杯饮料下肚，过分抗议的喉咙渐渐被安抚住。

陆逸寒没有再说话，低头吃东西。

文雅辣得眼泪直流，在蒙胧视线中，只见陆逸寒夹起虾滑在麻酱中轻轻翻转，优雅地送到嘴里，整个动作如行云流水般顺畅，别说咳嗽灌水，就连眼睛都没多眨一下。

这……这家伙味觉失灵了吧？

愣神的工夫，陆逸寒又陆续吃了几片牛肉卷，看得文雅食指大动……

“咳咳咳！”文雅眼冒金星，忍不住怀疑这锅里的辣椒偷摸进行了基因重组，传女不传男。

吃，嗓子受不了；不吃，面子过不去。

文雅犹豫再三，终于下定决心：“服务员，麻烦来碗白开水。”

识时务者为俊杰。

她还是乖乖用清水把辣油过滤一遍，毕竟嗓子和胃都是没有替换装的限量版，省着点用总没错。

“以后量力而为。”陆逸寒毫不掩饰地嘲笑。

文雅翻着白眼做了个鬼脸，继续我行我素。

一顿麻辣火锅，在陆逸寒的怡然自得和文雅的欲哭无泪中结束。出门时，文雅总觉得胃里火烧火燎，撕裂地疼，然而她一向皮实，也没觉得怎样，如常走出火锅店。

初秋的夜晚凉风习习，文雅紧了紧身上的外套，询问道：“乘公交车还是地铁？”

陆逸寒的声音有些微不可察的沙哑，简单回应：“都行。”

路上，陆逸寒异常安静，一句话都没说，文雅总觉得哪里有些不对劲，转身，就见他神色纠结，额头上不断冒出细密的汗珠。

文雅怔了怔，还没捋清楚脑子里想了什么，手却先一步紧紧握住陆逸寒手腕：“怎么了？”

“没事。”陆逸寒脸色有些难看，仿佛连说话都困难，深吸一口气，

“打车回去。”

文雅想追问陆逸寒哪里不舒服，然而目光触及他右手所放的位置，心下却是了然。

“胃疼？”

“唔……”刀绞般的剧痛阵阵袭来，陆逸寒觉得自己的胃像被丢进了滚烫的火锅里，打着结，拉着筋，反复翻腾着。

哎，死要面子，自食恶果！

“你……你没事吧？”文雅用力扶住陆逸寒，见他额头上不停冒着冷汗，掏出纸巾来擦，那薄薄的纸巾就像海绵附体，轻轻一粘，就顺便把脸上仅有的血色也吸了个干干净净。

片刻的慌乱如蜻蜓点水般在文雅心里荡漾而过，她很快冷静下来：“你撑着点儿，我们去医院。”

疼痛难忍，陆逸寒下意识地蜷缩起身子，精致的五官紧紧拧成一团，语气却冷硬倔强：“我没事，不用去医院。”

他最讨厌打针。

文雅才不管他想不想去，板着脸训斥道：“少废话，别逼我把你打晕了扛走。”

陆逸寒一只手捂着胃，嘴唇发白：“我说了……不去……”

“少废话。不用瞪我，瞪也没用。”

“你……”陆逸寒咬咬唇，吃力道，“你碰到我手表了。”

文雅低头，果然见光亮的手表表面上，落了一个手指印，想必是刚才抓陆逸寒手腕时不小心留下的。

手表就是陆逸寒的命根子。

无论去哪里，必须随身携带除尘布，每隔几分钟就要擦一次，确保表面一尘不染。

“我看你是疼得轻了。”文雅暗暗发誓以后找男朋友绝对不能找强迫症和洁癖狂，否则分分钟被逼疯。

急诊室。

医生板着脸，严肃地问：“吃了多少辣椒？”

“没多……”

“闭嘴。”文雅一巴掌拍在陆逸寒后脑勺上，实话实说，“我们俩去吃了牛油麻辣火锅，刚吃完他就开始胃疼。”

“这么严重的胃溃疡，还敢吃辣椒，他不疼谁疼？再有下次，准备切胃吧。”

严重胃溃疡？

文雅恼怒地瞪着陆逸寒，见他疼得把嘴唇都咬白了，仿佛什么东西堵到嗓子眼上，责备的话再也说不出口。

检查结果很快出来，急性肠胃炎，距离胃穿孔只差一点点。

还好没事。

文雅长长舒了口气，总算放下心来。

好在情况没严重到需要做手术的地步，办好住院手续后，陆逸寒被安排在病房输液。

送走护士，文雅瞅着病床上愁眉紧拧的陆逸寒，问：“你有胃溃疡？”

“一点点，没那么严重。”陆逸寒有些心虚地侧过头，避开文雅的目光。

这该死的毛病很多年没犯了，他还以为没事了。

陆逸寒这个态度，让文雅更是气不打一处来：“明知道自己有胃溃疡，还逞强吃那么辣的火锅，陆逸寒，你是不是脑子有病！”

“呜……我都这么可怜了，你还凶我。”陆逸寒发出一声痛苦的闷哼，扎着点滴的手连忙去捂小腹，整个身体下意识地蜷缩起来，“疼，好疼……”

看着陆逸寒可怜兮兮的样子，文雅心里的怒气不知不觉消散了大半，只是她依旧板着脸：“哪里疼？”

“这里，还有这里……”陆逸寒拉过文雅的手覆在自己胃部。

文雅手指僵硬，不知如何是好，好一会儿才低着头道：“我去喊医生。”

“不用，揉揉就好了。”

“？”

“我是陪你吃火锅才胃溃疡发作的，你得对我负责。”陆逸寒耍赖皮耍得理直气壮，握住文雅的手怎么都不肯松开。

“你这个人……”文雅的脸瞬间涨红到脖根。

算了，不跟幼稚鬼一般见识。

文雅的手掌很软，轻轻推揉着，如一股股温暖的电流涌过，陆逸寒心里暖暖的，胃也不觉得那么痛了。

陆逸寒似乎对医院有着严重的阴影，打完点滴就闹着要离开，文雅拗不过，只能陪他回家。

一回生二回熟，文雅不用陆逸寒指路，凭着记忆轻轻松松走到单元楼下，跟回自己家一样顺手。

“小心点。”老小区的楼道有些昏暗，文雅下意识地扶了陆逸寒一把，突然想到什么，问道，“怎么只有你自己住在这里？”

猝不及防的问题，让陆逸寒的心狠狠揪了一下，刚刚好些的胃又疼得紧缩在一起，他缓了口气才稍稍好些，淡淡道：“我爸爸在我很小的时候就去世了。”

文雅没想到会听到这么个答案，有些不知所措，连连道歉：“对不起，我不知道……”

陆逸寒看着一脸愧疚的文雅，抬手捋了捋她鬓边的碎发，声音轻柔：“走吧。”

陆逸寒纤长的手指犹如上好的胭脂，轻轻一触，就让文雅的脸颊瞬间红了起来，小心脏怦怦直跳。这样的感受，让她整个人有些无所适从，慌乱撇下陆逸寒，先一步上楼去了。

进屋，陆逸寒依着以往的习惯，径自从冰箱里拿出一瓶矿泉水，正准备拧瓶盖，手上一空，水已经被抢了去。

文雅白了陆逸寒一眼，像老师教训做错事的小学生："胃都疼成这样了还喝冰水，是想再躺回医院去吗？"

平日里古灵精怪的小丫头，板起脸来倒还真有几分气势，活像个一板一眼的老学究。陆逸寒忍俊不禁，微微挑眉："不喝这个，我喝什么？"

"当然要喝热水。"文雅把矿泉水塞回冰箱，转身去了厨房，没一会儿又折了回来，问道，"陆逸寒，你们家热水壶放在哪里？"

陆逸寒在沙发上坐下，摇摇头："没有。"

"热水壶都没有？"文雅满头黑线，"难不成你冬天也喝冷水？"

"是。"陆逸寒回答得理直气壮。

"行，你厉害。"文雅轻嗤一声，无情地吐槽，"难怪小小年纪就得了胃溃疡，都是自己作的。"

陆逸寒难得没有顶嘴，默然垂首，不知道在想什么。

平时怎么都好说，这会儿，文雅总不能让陆逸寒用冷水吃药，她用奶锅烧了些热水，小心翼翼地倒到玻璃杯里。

"嘭！"

手上没拿稳，杯子哐当跌落到地上，碎了个稀里哗啦，玻璃碴飞溅了一地。

“有没有伤着？”陆逸寒一个箭步冲进厨房，顾不得地上的玻璃碴，踩着凉拖来到文雅面前，抓着她的手仔细查看。

这样亲密的动作，让文雅一时之间有些无所适从，赶紧把僵硬的手指抽出来，含糊其词道：“哪有那么娇气，没事。”

“都出血了还没事。”

陆逸寒温热的气息喷洒在文雅脖颈间，酥酥麻麻的，文雅只觉得大脑一片空白，下意识地推了推他：“你先出去，我清理一下地面。”

“我来。”说着，陆逸寒从门后取过扫把，将玻璃碎片扫起来，倒进垃圾桶。

伤痕很浅，并不碍事，谨慎起见，陆逸寒还是坚持取来碘附消毒。

小小的棉签染上星星红点，陆逸寒下意识放轻动作，生怕弄疼文雅。

陆逸寒小心翼翼的动作，看得文雅忍俊不禁：“我又不是纸糊的。”

“没良心的丫头。”

清理完伤口，贴了片创可贴，他叮嘱道：“小心些，别沾水。”

“没事儿。”文雅缩了缩手指，提醒他，“该吃药了。”

“我自己去。”

“等着。”文雅把陆逸寒往沙发上一按，自己进了厨房，水还有些烫，文雅把水倒入碗中，用汤勺轻轻搅拌着。

看着文雅忙前忙后，陆逸寒仿佛看到另一个熟悉的身影，曾几何时，她也这样忙里忙外，只为自己能乖乖吃药。

上次从学校离开后，她就去了外地办案，直到现在也没回来，他不是不担心，可这么多年的隔阂，关心的话到嘴边却怎么也说不出口。

陆逸寒看着手机屏幕上显示的未接电话，无声无息地叹了口气。

今天，陆逸寒总是一副心事重重、若有所思的模样。文雅虽然心里奇怪，却也不想多问别人的隐私，轻轻碰了碰他的胳膊肘："吃药了。"

"嗯。"

看着陆逸寒乖乖吃了药，文雅总算放心些，嘱咐道："你早点休息，我走了。"

走？

陆逸寒一米八几的个子，如人墙般结结实实挡在文雅面前，居高临下："这么晚了，你要去哪里？"

"当然是回宿舍。"难不成要跟这家伙独处一夜？

"哦。"陆逸寒点点头，把腕上的万宝龙手表往文雅面前一凑，"十一点五十五分，你是想撬门还是爬窗？"

这么晚了？

宿舍回不去，跟陆逸寒共处一室，又实在尴尬，文雅纠结片刻："我去住酒店吧。"

宁可花钱住酒店，都不想看见他？

"你走了，谁来照顾我？"陆逸寒不知道该怎么解释此时此刻的失落心情，只能用胡搅蛮缠来掩饰心里的烦躁，"我是因为陪你吃饭才生病的，你就得对我负责到底。”

面对胡搅蛮缠的陆逸寒，文雅有种强烈的无力感，扶额道：“你这个人怎么不讲道理？”

他是皇帝啊，睡觉还得留个人守夜？

“现在在我家，我说什么就是什么。”陆逸寒语气顿了顿，眨眼工夫，手上变戏法似的多了一张白色卡片，“你今天要是走了，这张饭卡，就别想要了。”

她怎么忘了，饭卡还在那家伙手里。

为着自己可怜的口粮着想，文雅被迫妥协：“我不走，你就把饭卡还我？”

陆逸寒不肯松口，勾唇道：“看我心情吧！”

“你……”文雅警惕地后退两步，“我警告你最好别动什么歪心思，小心我打得你满地找牙。”

“你哪儿来的自信？”陆逸寒嘴角微勾，心情大好，“只要你别觊觎我的美色，半夜图谋不轨就好。”

“自恋狂。”文雅鄙视地瞥了陆逸寒一眼，拍板，“我要睡卧室。”

谁知道这个不靠谱的家伙会不会半夜抽风梦游，还是住个能锁门的地方比较靠谱。

然而陆逸寒似乎误会了文雅的意思，似笑非笑道：“怎么，你想跟我一起睡？”

猝不及防的言语，让文雅的脸瞬间涨红一片，偏偏陆逸寒还在不依不饶：“看来被我说中了，既然如此……”

“你胡说什么！”比厚脸皮，十个文雅也不是陆逸寒的对手，最终只能主动抱着毛毯出来睡沙发。

“陆逸寒！”文雅气得牙痒痒，恨不得狠狠咬那家伙一口。

真不知道法大补办饭卡为什么那么费劲，简直是助纣为虐。

想要不再被陆逸寒那家伙要挟，就得想办法把饭卡给拿回来。文雅斟酌再三，决定铤而走险。

说干就干，半个多小时后，估摸着陆逸寒已经睡了，文雅借着窗外微弱的月光深一脚浅一脚摸到门边，试探着轻轻推了推门。

没有反锁。

小小一间卧室，除了床和衣柜，就只有一张书桌，床头柜上的小台灯透着暖黄色的微光，温馨舒适。

床上，陆逸寒睡得正香，可能是胃还疼的缘故，睡梦中，他的眉头依旧轻轻皱着，长长的睫毛垂下，五官精致立体，此时此刻，暖黄色的灯光缓缓洒下来，如同一层温柔的薄衫，无声无息地把棱角包裹起来，整个人平添了一抹难得的温柔。

这家伙还真是天生长了一副好相貌，难怪让那么多女孩子魂牵梦萦。

这样想着，文雅不知不觉红了脸，深吸一口气，把杂草般的思绪压下去，蹑手蹑脚地往前走了几步，小声试探道：“陆逸寒？”

没有反应。

文雅想了想，又道："陆逸寒，去医院打针了。"

回应她的，依旧只有均匀的呼吸声。

应该是真睡着了。

借着小台灯微弱的光亮，文雅蹑手蹑脚地直奔床头柜，柜子上空空如也，什么也没有。

她很快把目光转到书桌上，颜色不一、款式不一的香水瓶按着高低胖瘦的顺序依次摆放开，足足有十几瓶。

"一个大男人囤那么多香水，臭美。"文雅鄙视地朝熟睡中的陆逸寒做了个鬼脸，继续找着。

书桌右侧摆放着一个大大的玻璃盒，分为上下两层，凑近去看，整整齐齐摆放着各式各样的手表，每一款都精致大气，即便完全不懂品牌的文雅看了，也知道价值不菲。

这么有钱，偏要扣着自己的饭卡不放。

缺德的家伙！

文雅腹诽了一句，轻手轻脚地把手表盒放回原处。

饭卡会在哪里呢？难道藏在枕头下面？

以陆逸寒的腹黑程度，也不是没有可能。

这样想着，文雅试探着把手往枕头下面伸了伸，什么也没有。

再一看，陆逸寒的睡衣上，有两个口袋。

难道在口袋里？

文雅小心翼翼地把手伸进口袋，薄薄的睡衣下是紧实的腹肌，触感细腻。

她的脸噌地红到了脖子根。

哎，想什么呢。

屏蔽美色诱惑，文雅快速恢复理智。

难道在另一个口袋里？

文雅咬了咬牙，刚准备伸手去掏另一个口袋，睡梦中的陆逸寒突然翻了个身，整个人往里侧去了。

床很大，伸手够不到，又怕动作太大惊醒陆逸寒，文雅稍稍犹豫一下，脱鞋上床。

咬牙往前凑了凑，眼见手指就要伸到口袋里，陆逸寒突然又翻了个身，文雅不防，被对方长长的胳膊禁锢在怀中。

文雅紧张得大气不敢出，生怕一不小心把他吵醒了。

半夜三更往男人床上爬，为了饭卡，她真是什么都豁出去了。

周遭一片寂静，文雅只觉得胸膛里的小心脏不安分地怦怦直跳，只差没从嗓子眼跳出来。

老天保佑陆逸寒千万千万不要这个时候醒了，否则，她就原地装死，这辈子都不要醒来。

老天爷大概听到了文雅的祈祷，陆逸寒没有醒来，已然睡熟。

文雅一动不敢动。

她平复了好一会儿，轻轻把陆逸寒的胳膊挪开，正准备下床，陆逸寒长腿一伸，直接压到她腿上，两条胳膊也搭过来，像个八爪鱼似的缠住她。

“……”

长这么大，文雅从没跟哪个男人靠这么近过，她身上的皮肤滚烫如火，扔到柴堆里能把木头引燃。

鼻翼处充斥着陆逸寒身上淡淡的香水味，清新宜人。

冷静，冷静。

文雅默默深呼吸，勉强把心里的思绪压下来，再看陆逸寒，呼吸平稳，并没有醒来的意思，这才小心翼翼地把身上的“八爪鱼”拿开。

她缓缓呼出一口浊气，正要落荒而逃，陆逸寒突然又翻了个身，她闪身要躲，无奈动作慢了一拍，再次被陆逸寒紧紧抱住。

抬起的胳膊悬在半空中。

落下胳膊，必定要搭到陆逸寒身上，要是把他吵醒，自己这爬床的行迹，跳进黄河也洗不清了。

不落，只能继续悬着，累啊。

偷鸡不成反蚀把米，这句话大概就是为她量身定制的。

为了不惊动陆逸寒，文雅只能把僵硬的胳膊往枕头上侧的位置伸，这个姿势又累又古怪，本想咬牙坚持一会儿，瞅准时机溜之大吉，无奈折腾了一天，她实在又累又困，躺着躺着，不知不觉睡了过去。

睡着了，自然顾不了那么多，文雅伸了伸僵硬的胳膊，随意搭到陆逸寒身上。

文雅不知道的是，她刚睡着，身边本该熟睡的陆逸寒就睁开了眼睛，他乌黑的眼眸一片清明，根本不像刚睡醒的样子。

陆逸寒并不是装睡，他的确睡着了，只是小时候天天等妈妈下班，让他养成了浅眠的习惯，只要有一点点声音就会惊醒，所以，哪怕文雅再小心翼翼，她靠近床头柜时，他还是立刻感觉到了。

原以为这丫头翻翻桌面就死心了，没想到她胆子那么大，连床都敢爬。

小羊羔主动往虎口里送，岂有不逗逗她的道理？

陆逸寒薄唇微扬，拉过身上的被子给文雅盖好，嘴角勾起一丝愉悦的笑容。

多年早起学习形成的生物钟比闹钟还准，第二天天一亮，文雅就醒了。

“啊！”

陆逸寒被文雅的尖叫声吵醒，揉了揉可怜的耳朵，微微蹙眉：“怎么了？”

“陆逸寒，你……你竟然……”文雅到嘴的话怎么都说不出口。

“我什么我？”陆逸寒强忍着笑意，一本正经，“我昨天半夜醒来，就见你睡在这里，两只胳膊紧紧抱着我。怎么，用完就丢，贼喊捉贼？”

“我……怎么可能……”文雅想死的心都有了，她怎么能睡着了，还抱着陆逸寒？

她没有抱着东西睡觉的习惯啊！

“怎么，想要赖？”陆逸寒幽幽叹息，仿佛难过极了，“早知道，我就该留下证据，省得现在有理说不清，唉。”

“你……”这会儿真是跳进黄河也洗不清了，文雅一张小脸涨得比番茄还红，落荒而逃。

身后是陆逸寒幸灾乐祸的声音：“心里没鬼就别跑，我要吃早饭！”

为了证明自己行为坦荡，文雅成功被套路，跑去厨房做饭。

卧室里重归寂静，陆逸寒从抽屉里拿出那个被倒扣住的相框，默默看了许久。

这些日子，他不是没想过把真相告诉文雅，可每次话到嘴边不知该如何开口。

或许私心里，她并不希望文雅认识林清怡，可惜冥冥之中自有天意，这两人注定要认识，只是时间的早晚而已。

斟酌片刻，陆逸寒决定继续拖着，拖一天算一天。

第六章

/

求人不如求他

陆逸寒纠结的时候，文雅正在厨房忙得热火朝天。纤尘不染的白色橱柜里，秉承着主人一贯的强迫症风格，大米、小米、红枣、糯米，分别装在同一款式的透明玻璃罐里，整整齐齐摆放成一排，每款米的水平线高度出奇一致，连舀米的小勺都整齐地朝一侧放好。

想着陆逸寒胃不好，文雅从玻璃罐里舀出几勺小米，仔细淘洗干净，放进电饭煲，随后又从冰箱里拿出几个鸡蛋，照着菜谱上的提示在鸡蛋中加入调料搅匀，放到锅里去蒸，很快，锅里就飘散出阵阵香气。

“齐活儿。”文雅挑挑眉，成就感满满。

陆逸寒是被香味吸引过来的，他看着在厨房里来回忙碌的文雅，脑海中尘封的思绪又忍不住飘远，恍惚如在梦中。

平心而论，她们的相貌并不相似，可那样的神态、笑容，还有同样的倔强，总会让他忍不住想起那个人。

文雅转身，就见陆逸寒倚在门边，怅然若失地看着自己，一时茫然地蹙了蹙眉：“怎么了？”

“没事。”陆逸寒收回思绪，转瞬间又是那副玩世不恭的模样，“看来厨艺有点进步了。”

“这有什么难的。”文雅对自己的厨艺信心满满，“你把饭卡还我，我给你做一顿大餐，好不好？”

“想得倒挺美。”陆逸寒嘴角微扬，想起昨晚的事，忍不住调侃，“我怎么觉得你有些不对劲，该不会是昨天晚上……”

“什么也没有！”文雅简单粗暴地打断陆逸寒的话，神色不自然地掩饰道，“小米粥好了，你拿碗盛出来。”

陆逸寒始终拿捏着分寸，不会把文雅逼得太紧，依着吩咐从橱柜中拿出碗勺。

打开电饭煲，小米粥的香气顿时溢满整个厨房。

“好香。”文雅吸了吸鼻子，见陆逸寒站在原地，并没有盛粥的意思，疑惑道，“怎么了？”

陆逸寒招招手：“你来。”

锅里的米干巴巴的，哪里是粥，明明就是小米饭。

“有的吃就不错了，哪里那么多问题。”文雅把盛满粥的碗往陆逸寒面前一搁，掩饰尴尬，“赶紧吃，吃完饭吃药。”

“就这么吃？”

“当然了，你还想怎么样？”文雅看了看碗里的粥，觉得实在有些清淡，补充道，“要不，加点儿糖？”

陆逸寒刚要点头，突然眸光一闪，搅拌着碗里的粥：“不用了。”

“我要加一点儿。”

文雅起身去厨房拿白糖，回来时，陆逸寒碗里的粥已经下去一小半。

“好喝吗？”

陆逸寒点点头：“很好喝。”

“当然了，也不看是谁做的。”文雅加了两勺糖，搅拌均匀后，高高兴兴喝了一勺。

“咳！咳咳！”又苦又咸，喝得文雅差点儿怀疑人生。

这不是白糖吗，为什么那么咸？

糖罐？

文雅恍然大悟，目光哀怨地瞪着陆逸寒：“你就是故意的！”

“糖罐是你自己去拿的，跟我有什么关系？”陆逸寒不仅不承认，反而明知故问，“该不会是你……对我家的糖罐动了什么手脚吧？”

“我……”

的确是她干的。

这么多天过去了，这家伙竟然还留着……

实话说不出口，假话又违心，文雅瞪了陆逸寒一眼，埋头喝粥。

什么叫搬起石头砸自己的脚，这就是。

第 N 个回合，完败。

文雅哀怨地洗了碗，又把厨房收拾干净，看着坐在沙发上看书的陆逸寒，问道：“我可以走了吗？”

走走走，这丫头就这么不想看到自己？这样的认知让陆逸寒莫名烦躁，他想也不想就冷冷道：“不行。”

“为什么？”

“我还病着，需要有人照顾。”反正也不占理，陆逸寒索性胡搅蛮缠，“我中午想吃山药枸杞乌鸡汤，你给我做。”

乌鸡汤？

“陆逸寒，你是胃疼，不是流产！”文雅只觉得浑身无力，自顾自走到沙画台前坐下，“想吃什么自己做去，我要画画。”

不走了？

见文雅没有执意离开，陆逸寒的脸色缓和了些，主动走过去。

文雅毫无基础，面对沙画台根本无从下手，见陆逸寒过来，有些尴尬地轻咳一声：“干什么？”

陆逸寒没有说话，只伸手抓过一把沙子，细碎的沙子到了他手里，仿佛被注入了生命力，他轻轻扬手，不疾不徐地将细沙在沙画台上铺洒开来，纤长的手指随意勾勒几笔，一幅美好的画面瞬间浮现在眼前。

雨后的天空，乌云消散，金黄色的阳光重新照耀着大地，阳光映射下的彩霞和野鸭一起飞翔在空中，大雨后的江水异常充盈，远远望去，江水和天空在目光尽头汇聚，浑然一体，美不胜收。

“落霞与孤鹜齐飞，秋水共长天一色。”文雅把脑海中闪过的诗句轻轻吟诵出来，笑道，“诗中有画，画中有诗，艺术果然都是相通的。”

“生命是相通的，可生命也是脆弱的。”陆逸寒手指轻轻一划，刚刚还无限美好的画面立刻消失不见，留下的不过是一盘散沙。

“正因为脆弱，才要把美好留住。”文雅扬了扬手机里拍下的照片，突然问道，“陆逸寒，你为什么喜欢沙画？”

为什么？

大概是因为最后那轻轻一抹，无论好的坏的，都可以一笔勾销，重新开始。

重新开始，是多少人求而不得的奢望。

陆逸寒是这样想的，却不知如何跟文雅说起，只道：“大概是喜欢这种讲故事的方式吧。”

“哦。”文雅似懂非懂地点点头，随后道，“每个人都有权利选择自己喜欢的生活方式。”

这些日子相处下来，她对陆逸寒多多少少也有些了解，虽然他的成绩始终名列前茅，可他似乎只是在应付差事，并没有发自内心地热爱法律专业。

“为什么这么说？”

文雅斟酌了一下用词，最终还是决定直截了当：“你并不喜欢法学。”

陆逸寒默然。

他的确不喜欢，甚至有些厌恶。

陆逸寒脸上依旧带着淡淡的笑容，语气却冷冷的：“那又怎么样？”

他就是要证明给他们看，只要他想做的，轻而易举就能做到。

“既然不喜欢，为什么要选择这个专业？”文雅有些费解，“人应该做自己喜欢的事，要不然，岂不是很痛苦？”

喜欢的事，不好说。

喜欢的人，倒是有一个。

陆逸寒定定地看着文雅，好一会儿才淡淡说出几个字：“小雅，不要做法官。”

“为什么？”文雅很不喜欢谈论这个话题，每一次谈到，她跟陆逸寒都要吵上几句。

她不想跟他吵。

“没有为什么。”陆逸寒语气坚决，他紧紧扣住文雅的手腕，“法官不是什么好工作，它会让你失去很多，答应我，不要做法官。”

“陆逸寒，我从八岁开始就立志要成为一名法官，这是我的梦想，没有任何人能阻止，也没有任何人能够改变。”

文雅撂下一句话，拿起书包，头也不回地走了。

陆逸寒有些烦闷地坐在沙画台前，凝眉沉思。

难道真的是他错了吗？

不，无论如何，他都不能眼睁睁看着文雅走那条辛苦的路，重复林清怡那被繁忙桎梏住的人生。

出了楼道，文雅放缓脚步，重重叹了口气。

喜欢一个人，不是应该支持她的理想吗，为什么陆逸寒要这样决绝地否定她的努力？

或许他从来就没有喜欢过自己吧？

文雅再次见到顾曼漓，已是国庆假期最后一天，顾曼漓眼睛亮晶晶，笑得跟朵花似的：“小雅，我发工资了，发了两千多。”

“那么多！”

“是啊，我也没想到能赚这么多。”假期开始前，顾曼漓原本应聘了餐厅服务员，但在路上时，无意中看见一个大型婚纱店在广场上做假期宣传活动，需要临时销售员，顾曼漓就硬着头皮逼自己去尝试了一下。

不会跟陌生人打交道是顾曼漓的硬伤，第一天她怎么也张不开嘴，为了不被炒鱿鱼，只能逼自己去跟人沟通，没想到收获颇丰。

“跟人打交道说难也难，说容易也容易。”文雅看着顾曼漓，一脸骄傲，“你已经迈出了最重要的第一步，以后一定会越来越优秀的。”

“婚纱店有网上 APP，只要谈成单子就有提成，我在学校里也可以做。”顾曼漓很喜欢这份工作，甚至想好了未来的发展，“婚纱跟旅行结合到一起，要再加上些婚礼元素，一定更受欢迎。”

“专业对口，你可以把这个当成案例来做。”

“是啊，等我设计出具体方案给你看。”顾曼漓笑盈盈地揽过文雅的胳膊，“走，我请你吃火锅。”

“回学校食堂吃吧。”

顾曼漓摇摇头：“答应要请你吃大餐的，说到做到。”

在顾曼漓的坚持下，两人去了学校附近的商场，一路边走边聊着这几天发生的趣事。

一路顺着扶梯上了五楼，顾曼漓突然停下脚步，小声道：“小雅，你看那是不是陈姗姗？”

文雅顺着顾曼漓的目光望去，果然看见了不远处的陈姗姗，她身后还跟着一个中年男人。

陈姗姗穿着碎花连衣裙，依旧是那副高高在上的模样，只是眉头始终紧紧皱着：“看你土里土气的模样，离我远点儿。”

“我想你了，来看看你。”那男人五十多岁，头发白了大半，身上的衣服虽然有八九成新，却只是普通款式，或许很少来这种大商场，人有点怯怯的，跟身旁衣着靓丽，打扮时尚的陈姗姗形成鲜明对比。

“有什么好想的，有这时间，还不如在工地上多干点儿活。”陈姗姗回头瞪了中年男人一眼，又立刻厌恶地转过头去。

“爸爸带钱了，你想要什么，爸爸给你买，买完东西去吃饭。”

爸爸？

文雅和顾曼漓对视一眼，皆在对方眼里看到浓浓的震惊。

陈姗姗一身潮牌，口红、香水一大堆，整套最新款的电子产品更是价值不菲，原本以为她家庭条件很好，没想到却是吸着父母的血，打肿脸充胖子。

文雅眉头紧皱，对陈姗姗的厌恶又多了几分。

“吃什么饭，就知道吃。”陈姗姗左看右看，确定周围没有熟人，冷冷催促道，“把钱给我，我自己需要什么会去买，你赶紧回去吧。”

“姗姗……”中年男人还想说什么，被陈姗姗瞪了一眼，也不敢再说下去，从有些破旧的帆布包里取出一沓钱递过去，“爸爸这个月的工资，都给你。”

“一个月才赚这么点钱，真够磕碜的。”陈姗姗厌恶地白了中年男人一眼，语气更加恶劣，“以后微信把钱转给我就行了，有跑来跑去的工夫多干点儿活。”

“好，爸爸知道了。”中年男人卑微惯了，不敢多说什么，怯怯地转身走了。

听陈姗姗的意思，中年男人在建筑工地工作，每个月的工资都给了她挥霍享受。可在两人交谈的过程中，自始至终，她都没有关心过男人一句，哪怕站在面前的是她的父亲。

这些年，很多父母被灌输了女儿要富养的观念，把家里所有的钱都用在孩子身上，殊不知正是这种无底线的富养和予取予求的态度，渐渐让孩子养成了骄纵肆意、自私冷漠的性格。

文雅心里一阵唏嘘。

“小雅，咱们走吧。”顾曼漓是善良的，即便陈姗姗几次三番挑衅羞辱她，她也没有上去戳穿报复，而是选择默默离开，替对方保守秘密。

同样出身贫寒，相比之下，更显得顾曼漓品质可贵。

文雅点点头：“好。”

许默喜欢晨跑，每天早上都要跑上一圈，这天他照例从法大东门出发，途经一个十字路口时，路边突然冲出来一个人，他躲闪不及，两个人撞了个满怀。

虽然是那人横空冲出来拦了路，但毕竟是自己撞到了人，许默主动道歉：“对不起。”

“没事。”男人面无表情地看了许默一眼，压了压帽檐，快步离去。

男人拎了两个厚厚的黑色塑料袋，裹得严严实实。许默对气味敏感，擦肩而过的瞬间，闻到一股浓浓的火药味。

火药？

城市里有那么一大堆火药，非同小可。

许默稍稍犹豫，快步跟了上去。

许默一直想做刑警，他虽然没有经过任何专业培训，却在私下里看了不少书，在盯梢这件事上也算颇有心得，一路小心地跟着，也没有被发现。

左拐右拐，男人拎着袋子上了去往郊区的大巴。

许默跟上大巴车，在男人身后的座位上坐下，有意无意间俯身靠近袋子，的确是火药的味道，绝不会错。

这下，不报警都不行了。

刑警大队的日子紧张又忙碌，文心头天晚上审犯人审到后半夜，回宿舍才躺下没一会儿，就接到出警电话，说大巴车上有人携带火药。

在城市里携带火药，无异于定时炸弹，刑警队立刻出警，沿着许默提供的车辆方向，以最快的速度追了过去。

男人下了大巴后没有停留，提着袋子走下坡地。

许默看了看，前面就是十三陵水库了。

该不会要炸水库堤坝吧？

眼见他蹲下身要解开袋子，许默脑子嗡地一响，顾不上考虑太多，快步冲上去。

“住手！”

一声怒喝在空旷的堤坝上响起。男人听到一阵急促的脚步声朝自己而来，正要转身看个究竟，手腕就被来人紧紧扣住。

男人看上去并不瘦弱，但毕竟人到中年，体能上跟许默这种长期锻炼的年轻小伙子没法比，挣脱了几次都挣脱不开，恼羞成怒地大喝道：“你干什么的，放开我！”

许默虽然没有办案经验，面对犯罪分子却丝毫不示弱，冷声反问：“我干什么，我倒想问问你偷摸带这么多火药想干什么！”

火药？

男人愣了愣，看许默的眼神仿佛在看怪物：“你有病吧，我带什么火药了？”

“我跟了你一路，袋子里装的明明就是火药！”

安危面前，宁可抓错也绝对不能放过，及时赶到的文心定了定神，冷冷地命令道：“把袋子放下，举起手来。”

“你们在说什么乱七八糟的！”男人用力挣扎，提着袋子的手却不肯松下。

“不许动！”文心生怕男人趁机把火药点燃，快速往前冲了两步。

男人眨眨眼的工夫，双手就被手铐铐住了。

“警察同志，我真的不是坏人！”

“不许说话。”文心冷斥了一句，伸手去解袋子。

“啊！”不是火药吗，什么时候变成乌龟了？

文心从小最怕乌龟，平时见了指甲盖儿大小的乌龟都忍不住浑身发麻，骤然看见这么大个的龟祖宗，着实吓了一大跳，要不是身上穿着警服，不能破坏人民警察的高大形象，只怕会逃之夭夭。

“别怕，它不咬人。”许默几乎下意识地挡在文心面前，问那男人，“你到底是干什么的？”

“我最近走背字儿，干什么都倒霉。”那男人摸了摸秃得没剩几根头发的发际线，重重叹了口气，“我实在没办法，就找人算了一卦，说要买个三十年以上的河龟放生，才能否极泰来。这不，花了一万多块钱买了只龟，谁知道还没等放走，先被你们抓了。”

放生？

到水库放生，倒也合情合理。

许默意识到真的误会了，不解道：“那你带火药做什么？”

“没有火药，只是带了几挂鞭炮，想着放生之后祛祛晦气，谁知道……”男人咬咬嘴唇，委屈得像个孩子，“警察同志，我真不是坏人啊！”

这会儿，文心已经从最初的惊吓中缓过神来。她跟许默对视一眼，打开袋子，里面装了足足几十挂鞭炮，难怪有那么大的火药味。

文心给中年男人解了手铐，提醒道：“鞭炮是易燃易爆物品，以后不许带上公交车。”

“知道了，知道了。”男人拍着胸脯保证绝不再犯，麻溜儿走了。

许默看着一旁的文心，她刚刚英姿飒爽的模样，让他心头一阵悸动，她的一颦一笑又是那么熟悉，仿佛之前在哪儿见过。

文心跟许默有着同样的感觉，想起对方下意识地为她挡住河龟时的样子，那种亲近感更加强烈。见许默有些怔怔地看着自己，她忍不住微微红了脸：“你还好吧？”

许默回过神来，有些歉疚道：“对不起，给你们添麻烦了。”

“你千万不要这么想。”文心摇摇头，轻笑安慰，“有警惕意识是对的，万一他真要炸水库，你却袖手旁观，后果不堪设想。”

“谢谢！”

许默还想说什么，却见文心神情严肃地接了一个电话：“好，我马上来。”

“怎么了？”

“有个紧急任务，我先走了。”

“小心些。”许默掏出手机，正想留下文心的联系方式，却见一辆警车疾驰而来。

“再见。”任务太急，文心匆匆留下一句话，上车离开。

许默看着远远开走的警车，怅然若失。

许默有些沉闷地回到学校，才进校门，迎面就遇到了李如。

“师哥……”虽然无数次下定决心要表白，但真见到许默那一刻，李如还是紧张得心脏怦怦直跳，大脑一片空白。

李如欲言又止的模样，让许默有些不明就里，笑道：“怎么了，是不是有什么困难需要帮忙？”

“没，没有。”李如摇摇头，手指紧张地搅到一起，“师哥，我……”

李如也说不明白自己为什么会喜欢许默，这种喜欢，经过两年的积累，已经融进了潜意识里，让她无所遁逃。

“别着急，慢慢说。”

“师哥……”李如感觉自己这辈子的勇气都耗尽了，才终于吞吞吐吐说出那句在心里埋了几年的话，“师哥，你有喜欢的人吗？”

虽然没有明说，但话里的意思已经很明显了，许默愣了愣，脑海里突然冒出了文心的身影。他点头道：“有，她是个警察。”

虽然，他没要到联系方式，甚至连对方叫什么都不知道。

想想都觉得滑稽。

但他不能接受李如，也不想伤害她，只能以这种暗示的方式，让她明白。

听到许默的话，李如只觉得心底最后一丝期盼骤然被掏空，笑容僵在脸上，不知如何是好。

这场暗恋，注定没有结局。

“十一”过后，新生们的校园生活渐渐步入正轨，各个社团也陆续在校园公众号上发出纳新帖子，李如是典型的选择困难症患者，翻着各式各样的迎新海报，只觉得眼花缭乱：“英语、摄影、围棋、话剧、乒乓球，还有心理、健美操……我看着哪个都挺好，到底要怎么选择嘛！”

“我觉得话剧社最好，起码能多认识几个帅哥。”沈月凝目标倒是明确，就是对自己的水平没什么信心，“听说话剧社要求特别高，就我这点三脚猫才艺，可能连初试都通过不了。”

“跟我一起去学围棋，开发智力。”汪旭双手托腮，满是憧憬，“一想到那种运筹帷幄之中，决胜千里之外的感觉，就觉得人生好有价值……”

“行了行了，大白天的想点儿实际的。”李如无情地打断汪旭的英雄梦，把目光转到一言不发的文雅身上，“小雅，你报哪个？”

“哪个也不报。”文雅摊摊手，埋头继续啃从图书馆借来的案例集锦。

“学海无涯，回头是岸。”李如对文雅苦行僧似的求学态度表示敬佩，但更多的是无可奈何，“姐妹，高科技时代拼的是效率和信息灵敏度，想用什么案例网上一搜一大把，用不着全塞到脑子里去。”

“这些都是学校收藏整理的珍贵案例，外面看不到的。”胡乱夸海口是要付出代价的，虽然怎么样都是输，好歹不要输得太难看。

想到陆逸寒满脸坏笑的模样，文雅就觉得血气上涌，就算再难，也要把专业知识学好，扬眉吐气。

李如随手翻了几页，正好看到一个关于陈年BB机的纠纷案，扑哧笑出声来：“这些老掉牙的案子哪里还用得上，有这虚耗的工夫，倒不如去话剧社排几个小短剧，多有意思。”

“就是就是，咱们一起报话剧社吧。”有人做伴，沈月凝也多了几分底气，自顾自拍板，“我帮你们报上名，可不能反悔了。”

小短剧？

文雅微微蹙眉，脑海中突然闪过一个大胆的念头。她抬眸看看李如，又看看沈月凝：“你们都喜欢表演，是不是？”

面对文雅突如其来的问题，李如显然有些不明就里，但还是如实点头道：“是啊，怎么了？”

“法律条文枯燥难懂，没几个人能看得下去，要是咱们把这些案例拍成小短剧，再发到视频平台上，就能让更多的人看到了。”文雅想了想，继续补充道，“咱们也可以模拟法庭，不仅能锻炼口才和应变能力，还可以让更多网友了解开庭流程，起到普法教育作用。”

“这个主意太好了！”李如行动力满分，立刻从床上坐起来，“事不宜迟，咱们赶紧做张海报发到各个群里，肯定有不少人报名。”

做海报不难，难的是做得新颖独特，文雅和李如都不擅长作画，一张海报改了又改，涂了又涂，怎么看都不满意。

“太普通了，没什么亮点。”文雅揉了揉发酸的太阳穴，拧眉道，

“这样画不行，咱们想想，有没有别的办法？”

李如把画笔一扔，托着腮帮子想了想，突然站了起来：“沙画，咱们做个沙画海报，绝对独树一帜。”

提到沙画，文雅脑海中立刻浮现出陆逸寒那张脸，回想起那天的不欢而散，连日来的沉闷心情更是直接跌到谷底。

“算了吧，我们又不会画。”

“我们不会，陆师哥会呀！”李如跟汪旭交换了一个了然的眼神，齐齐看向文雅，“小雅，你说是不是？”

“什么意思？”文雅生着闷气，腮帮子鼓鼓的，“你们不会想让我去找陆逸寒画海报吧。趁早打消这个念头，我跟他一点儿也不熟。”

“哎哟，也不知道是谁天天跟陆师哥一起吃饭。”李如装模作样地咳嗽一声，调侃道，“看你这表情，肯定是跟师哥闹别扭了，正好趁着这个台阶去道歉，两全其美。”

道歉？

文雅分分钟爹毛：“我又没做错事，凭什么道歉？”

“帅哥是不会有错的，品学兼优的帅哥更不会有错。”李如毫无原则地下了结论，又催促道，“赶紧道歉去，要让别人钻了空子，后悔都来不及。”

合着长得好看，做什么都是对的？这三观简直歪出太阳系。

文雅无力地翻了个白眼：“你们谁愿意谁去，反正我是不会去找他的。”

“不行，必须去！”李如和汪旭交换了个默契的眼神，一左一右，简单粗暴地把文雅拎出了宿舍。

“喂，你们俩太过分了！”

宿舍门纹丝不动，只从缝隙里传出一句轻飘飘的话：“加油，我们看好你哦。”

“哼，我才不去！”陆逸寒那家伙阴晴不定，脑回路更是奇怪，她才不要去自讨没趣。

可是不找陆逸寒，她又变不出沙画海报来。

文雅漫无目的地在校园里流浪，不知不觉来到图书馆门口，抬头，一个熟悉的身影远远走来。

是许默。

李如并没有跟文雅提及她上次跟许默见面的事，文雅只当她还没找到表白的机会，赶紧掏出手机给李如发消息：图书馆门口，速到。

“师哥，大周末看什么书呢？”文雅笑呵呵拖着许默闲聊。

许默扬了扬手里的文件袋：“今年的大学生模拟法庭竞赛就要开始了，我去自习室看了看卷宗，刚出来。”

模拟法庭是法律实践教学中的重要组成部分，一直被各大法学院广泛采用，文雅虽然在网上看过不少视频，但还从来没体会过现场的感觉，这会儿听了，连忙追问：“什么时候比赛，我可以去旁听吗？”

“止式比赛不行，预备赛应该可以，到时候我提前通知你。”许默答应下来，又看了文雅一眼，“你似乎还有什么事要跟我说？”

当然有，某人的终身大事。

文雅不好说得太直白，只好先用自己的事来搪塞：“哎，还不是为了张宣传海报。”

“海报？”

文雅把组建新社团的想法简单跟许默说了说，突然脑海中灵光一闪，试探着问：“师哥，你跟陆逸……陆师哥私交好不好？”

许默点点头：“还不错，怎么了？”

“也没有什么大事，就是……”文雅不好意思地挠了挠头，决定找许默帮忙，“你能不能让他帮忙画幅宣传海报，我……们可以付劳务费的。”

许默愣了愣，有些不明就里：“这也不是什么大事，你为什么不自己去找他说？”

文雅不知道该如何跟许默解释她跟陆逸寒之间的观念冲突，微微笑了笑：“师哥，我是觉得你跟陆师哥的关系好，由你出面，他不会拒绝嘛！”

许默怎么可能被文雅三言两语糊弄过去，他温和的眼眸中满是了然的笑意：“说吧，你们俩又因为什么闹别扭了？”

“也不算闹别扭。”文雅不是有意瞒着许默，这几天闷在心里，也的确需要有个人倾诉，她低低叹息一声，“师哥，我觉得我跟陆逸寒不是一路人，不应该有太多牵扯。”

“是吗？”许默看了文雅一眼，“我倒觉得你们俩非常合适。”

她跟陆逸寒……合适？

文雅不敢置信地看着许默，很想赞助一百块钱，让他好好洗洗眼睛去。

“逸寒这个人孤独惯了，在有些事情的处理方式上，或许会有些失当，但他人很好。”

对文雅，尤其好。

“孤独？”文雅的语气中有微不可察的委屈，更多的是失落，“他那么擅长交际，三言两语就能把人逗得开怀大笑，整个法大，喜欢他的人数都数不过来，谁孤独，他也不会孤独。”

“有些人的孤独是外露的，而有些人，他们的孤独却是内敛的。”许默微微笑了笑，接着说，“他不会让谁不高兴，却也没有谁，能让他真正高兴。”

如果不是对文雅格外与众不同，以陆逸寒的交际能力，绝不会让她不高兴。

外向孤独症。

文雅脑海中不由得闪过这个词，心里竟有些豁然开朗的感觉。她点点头：“谢谢师哥，我明白了。”

许默轻轻拍了拍文雅的肩膀：“好好跟他聊聊。”

“嗯。”文雅心里乱糟糟的，主动转移了话题，“师哥，这次模拟法庭竞赛采用的还是辩论模式吗？”

文雅不知道，她跟许默聊天的这一幕，完完全全落在了陆逸寒眸中。

隔着些距离，陆逸寒没有听到文雅跟许默具体聊了些什么，只觉得两人非常亲密，亲密得有些刺眼。

大庭广众之下，有必要靠那么近？

她就那么喜欢许默？

这个问题没有人能够回答，因为文雅和许默已经说笑着走远了。看着两人渐行渐远的背影，陆逸寒只觉得压抑了几天的邪火涌上心头，整个人被一种前所未有的暴躁情绪控制着。

亏他还特意为那丫头做了粉蒸排骨。

陆逸寒看了看手边的餐盒，越想越气。

下一秒，手中的餐盒被毫不犹豫地扔了出去，在空中划过一道优美的弧度后，直直进了垃圾桶。

文雅并不知道某个小心眼的家伙自己脑补了一场大戏，顺便把醋坛子打碎得七零八落。此时，她正不敢置信地看着许默："Jessup，真的吗？"

本来只是想随便引个话题拖住许默，没想到还有意外收获。

对文雅的反应，许默倒有些意外："你知道 Jessup？"

"当然知道。"文雅常年关注各种行业内的比赛，熟悉程度堪比百度百科，"Jessup 国际模拟法庭辩论赛是一项历史悠久，备受世界各地法学界重视的模拟法庭辩论赛，这项为纪念联合国国际法院知名法官杰赛普而设的比赛，每年都会吸引各个国家的几百支队伍参加选拔。”

许默赞赏地点点头：“看来还真是做了不少功课。”

“那当然。”为了证明自己的“专业性”，文雅继续补充道，“这场被誉为‘法律界奥林匹克’的盛会由哈佛大学创办，旨在全球范围内推动对于国际公法的学习与研究，并通过模拟国际法庭审判来加强学生运用法律进行专业辩论的能力。”

其实 Jessup 最有别于其他学术类比赛的地方在于，它既不是以说服观众为目的的演讲，也不是与对手针锋相对的对抗式辩论，而是一种与法官交流的对话式说理，这样的方式不仅减少了不必要的争辩，又有利于摆事实讲道理，把案件剖析得更加清楚。

“说得没错。”许默笑笑，字里行间毫不掩饰对文雅的赞赏，“你还没有学过刑法，按理来说是没有参赛资格的，但机会是留给有准备的人。你如果愿意，可以跟着我们一起研究卷宗案例，也算为以后参加比赛打基础。”

“真的？”文雅喜出望外，“师哥，你绝对是全世界最好的师哥！”

正说得起劲儿，手机突然响了起来，文雅以为李如来了，低头一看，却是文心。

文心一向忙得脚不沾地，这会儿打来电话，文雅实在有些受宠若惊：“姐姐。”

文心的声音从电话那头传来：“今天休息，来学校看看你。”

许默微微一愣，总觉得这个声音异常熟悉，像是……

如果他没记错的话，文雅说过她的姐姐是刑警。

“真的！”她没听错吧，姐姐竟然有空来学校看她？

“当然是真的，快出来，带你去吃火锅。”

“太好啦，我马上到！”文雅兴奋得整个人都要跳起来，“师哥，今天是什么好日子，我的工作狂姐姐竟然来学校看我了。”

“你姐姐……”

仔细想想，那个女孩子倒真的跟文雅有几分相似。

许默一向沉稳，这样的反应实在有些奇怪，文雅微微蹙眉：“是啊，师哥，你怎么了？”

“没什么。”许默虽然知道这样的巧合几乎是不可能发生的，但内心深处还是抱有一丝希望，“小雅，我……我能见见你姐姐吗？”

文雅并不知道许默心中所想，只当他对刑警好奇，爽快地点头道：“当然可以。”

一会儿她跟姐姐去吃饭，正好让许默把李如送回宿舍，既不会太刻意，又让两人有足够的独处空间。

两全其美。

文雅开了共享定位，走了没多远就见文心迎面而来。

“姐姐！”文雅往前飞奔几步，给了文心一个大大的熊抱，随后转头介绍道，“姐姐，这是我师哥许默，我跟你提起过的。”

“你……”

四目相对的瞬间，文心和许默皆在对方眸中看到意外和惊喜。

“是你。”

再次见到文心，许默这些天所积攒的苦闷后悔统统烟消云散，取而代之的是失而复得般的欣喜：“真没想到会在这里见到你。”

什么情况？

“姐姐，师哥，你们……认识？”

文雅一脸蒙，怎么也想不出这两个八竿子打不着的人是怎么产生交集的。

而且，看上去还那么亲近。

“有过一面之缘。”许默扫了文雅一眼，很快，目光就再次回到文心身上，“真没想到，你竟然是小雅的姐姐。”

这些日子，文心不止一次地想起那天的场景，心里的欢喜并不比许默少。她莞尔一笑：“我也没想到会在这里遇见你。”

文雅越听越迷糊，偏偏还被忽视得彻彻底底，只好用抗议来找存在感：“姐姐，师哥，你们在叙旧之前，好歹先给我解释几句吧？”

“小孩子问那么多干什么。”文心瞥了瞥文雅，以眼神示意她不许捣乱，再次看向许默时，又恢复了温柔的模样，“那天走得匆忙也没来得及多说几句，没想到你竟然是小雅的师哥。我请你吃饭，谢谢你照顾小雅。”

“哪有让女生请客的道理。”许默嘴角微微扬起，脸上的笑容如晴光映雪般温柔，“走吧，我请你们吃饭。”

文雅看看许默，又看看文心，这两人的笑容中都透着不加掩饰的欢喜，只差把“我喜欢你”几个字写到脸上。

这……什么情况？

文雅彻底蒙了，刚刚还抱怨李如动作慢，这会儿恨不得李如根本没看见消息，否则见了这场面，可就尴尬了。

见文雅一脸纠结，文心关切道：“怎么了，是不是身体不舒服？”

文雅当然不会把心里的想法说出来，搪塞道：“姐姐，我有点事先回宿舍一趟，你们先去。”

“什么事这么急？”

“室友忘带钥匙，我回去给她开门。”文雅胡乱解释一句，转头跑开。

“这丫头，总是火急火燎的。”文心无奈轻笑，边走边向许默道，“听小雅说你人特别好，很照顾她。”

“我是小雅的师哥，照顾她是应该的。”

“让你费心了，多谢。”

“你这么客气，我倒不知道说什么好了。”许默转头看向文心，四目相对时，两人又不约而同地避开对方的目光。

“你……”文心的语气有微不可见的停顿，很快接上，“我那天回去想了想，以后再遇到罪犯，你直接报警就好，不要贸然去跟踪，万一他身上带了武器就麻烦了。”

虽然已经过去了十几天，可回忆起那天的场景，文心还是忍不住有些后怕，幸亏是场乌龙，否则后果不堪设想。

“说起来你可能不信，那是我第一次打110，还出了这么大的岔子。”许默无奈地笑笑，“我自己也不知道哪儿来的勇气，想都没想就跟上去了，实在不可思议。”

“或许是受动画片影响吧。”文心笑着调侃，“小时候我看《黑猫警长》，就觉得自己以后一定也要当个警察，保一方平安。”

“是啊，以后如果再遇到这种事，我想我还是会这么做的。”

许默和文心边聊边走远了，留文雅一个人独自凌乱。

文心跟初恋分手后一直单身，参加工作这几年，警队里不乏青年才俊，可她一个都没有看对眼，眼看国家法定的晚婚年纪都过了，依旧孑然一身。为了逃避父母和七大姑八大姨的询问催促，文心甚至明确表示自己没有结婚的计划，打算一个人过下去，让爸妈又头疼又无可奈何。

这次……倒是有点意思。

许默温柔稳重、清隽帅气，是个不可多得的优秀男生，姐姐喜欢他，文雅当然乐见其成，可是李如暗恋许默已久，她也不止一次提出要帮李如把许默追到手，可如今……

这剧情完全不按常理出牌，怎么给李如解释？

虽然爱情不分先来后到，可眼看着暗恋了好几年的人跟别人在一起，得受多大的打击。

文雅用力按了按太阳穴，头疼。

她扶额长叹，脑海中却莫名闪现出陆逸寒那张坏坏的笑脸。

这几天，她总是时不时想起陆逸寒，越是逃避，那张脸就越清晰，简直跟印在脑子里一样。

难道，她真的喜欢上陆逸寒了？

文雅每走一步，心里的纠结就多一分，她到底该怎么办？

想着心事，文雅根本没注意到迎面走来的陆逸寒，直到那双熟悉的白色球鞋出现在眼前，她才猛地抬起头来。

突如其来的四目相对，让文雅有种被戳破心事的窘迫，慌忙把目光移向别处："陆逸寒，你怎么在这里？"

"这是马路，又不是女生宿舍，我为什么不能走？"陆逸寒面色微寒，显然还在生气，"倒是你，自言自语、鬼鬼祟祟的，做什么亏心事了？"

陆逸寒想着文雅跟许默有说有笑的场景，心里堵得慌，闷着气回到家中，本来想练练沙画来排解一下郁闷的心情，可他心绪不宁，自然没什么好的灵感，抓了把沙子随意勾勒几笔，回过神一看，却是文雅的模样。

她的各种样子，早已存进了他的记忆里，猝不及防。

这样的认知，让陆逸寒心烦意乱得透不过气来，他扔下沙子再次出了门，没想到走着走着，竟鬼使神差般又转回这条路来。

真不知道是缘分使然，还是冤家路窄。

“你才做亏心事了呢。”想着那天跟陆逸寒争执的场景，文雅就觉得心里更堵得慌，懒得多说什么，侧身绕过他往前走。

谁都没有权利剥夺自己的理想，陆逸寒也不行。

既然他们俩不是一路人，还是少些牵扯，免得自己越陷越深，到时候不知道该怎么收场。

陆逸寒不知道在想什么，下意识地一把握住文雅的手腕：“你去哪里？”

“我想去哪里就去哪里，跟你有什么关系。”文雅赌气似的甩开陆逸寒的手，还没走出半步，又被抓了回来。

文雅的排斥让陆逸寒更加心烦意乱，他冷冷道：“这么着急，急着谈恋爱去？”

陆逸寒平时虽然痞里痞气的，但说话做事还算有分寸，很少有这种咄咄逼人的时候。文雅皱了皱眉，口不择言：“你是我什么人，我谈不谈恋爱，跟你有什么关系。”

他什么时候说过喜欢自己，既然不喜欢，就不要干涉自己的生活，省得让她自作多情。

听到文雅的话，陆逸寒只觉得一股邪火直冲脑门：“你说我是你什么人？”

“你……”这几天的纠结苦闷齐齐涌上心头，让文雅的眼角有些发酸，她用力咬了咬唇，勉强把泪水忍了回去，淡漠地抬头跟陆逸寒对视，“你都不知道，我怎么知道。”

不知道？

好，很好。

陆逸寒长臂一伸，把文雅带入怀中，俯身吻了过去，霸道至极。

“呜……”文雅怎么都没想到陆逸寒会突然这样，小心脏吓得漏跳了半拍，回过神来，猛地用力把人推开，头也不回地跑了。

陆逸寒怀中一空，心里某个角落也空了，他下意识地想要追上去，却还是停下了脚步。

让她冷静下来好好想想，也好。

第七章

/

误会解除

在原地冷静了很久，陆逸寒掉转方向出了校门，美食街尽头有一家麻辣火锅店，好吃不贵，文雅无辣不欢，每周都要来这里大吃一顿。

陆逸寒在门外驻足片刻，抬步入内。

“逸寒？”许默坐在正对门的位置，看到陆逸寒进来，起身招呼道，“这会儿才出来吃饭？”

“情敌”相见，分外眼红，陆逸寒心烦意乱，却也没有对许默发作的理由，本想点点头打个招呼了事，抬头看见文心一手端着一碗芝麻酱，迎面走了过来。

陆逸寒没想到会在这里见到文心，上前打招呼：“文心姐。”

文心对陆逸寒印象很好，含笑道：“逸寒，好久不见。”

“我帮你拿。”许默很自然地接过文心手里的芝麻酱，又问，“你们见过？”

“有过一面之缘。”文心温婉一笑，把手里的碗递给许默，两人的手指轻轻触碰在一起，又如触电般慌忙弹开。

这样细微的小动作再亲昵不过，当事人或许暂时没察觉出什么，但看在外人眼里，却无比清晰。

陆逸寒了然。

看来，他误会那丫头了。

许默并不知道陆逸寒所想，只道："赶得早不如赶得巧，一起吃吧。"说着，悄悄给文心使了个眼色。

文心心领神会，忙道："是啊，人多热闹，我打个电话催催小雅，这丫头磨磨蹭蹭的，也不知道干什么去了。"

陆逸寒本来是要拒绝的，一听文雅要来，拒绝的话也说不出口，随着许默和文心坐了下来。

文雅被陆逸寒搅得心烦意乱，又不愿打扰文心和许默难得的独处时间，执意不肯出来，这顿饭只好他们三个人吃。

"逸寒。"许默一边往锅里下着虾滑，一边把文雅委托自己帮忙要海报的事说了。

原来是这么回事。

明白自己误会了文雅和许默，陆逸寒心里的闷气就泄了大半，点头答应："嗯。"

那丫头宁可让别人传话，都不肯自己开口，看他回头怎么收拾她。

旁观者清，文心一看就知道陆逸寒跟文雅在闹别扭，也不多问，只说道："逸寒，小雅这丫头从小脾气就倔，认定了的事，九头牛都拉不回来，但这丫头忘性大，转眼就不记得了，你不要跟她生气。"

"文心姐，小雅很好，我没生她的气。"

文心笑笑："那就好。"

文雅不想当电灯泡，陆逸寒当然也不想，他草草吃了几口就寻了个借口离开。

文雅揣着满脑袋的心事回到宿舍，躺在床上翻来覆去，郁闷地说不出话。

陆逸寒他怎么……真是个莫名其妙的家伙！

她正气得砸抱枕，手机突然响了起来。

看到屏幕上闪烁着的“陆逸寒”三个字，文雅恨不得把手伸进屏幕里，把那家伙的发型揉个乱七八糟。

不接！

下一个电话紧接着又打了进来。

连续几次，文雅终于忍无可忍，接下电话吼道：“陆逸寒，你有完没完！”

陆逸寒知道文雅在生气，只说了句：“下楼。”

“干什么？”她心里乱得很，不想这时候见到他。

“五分钟内下楼，否则，海报就别想要了。”

“喂……”

那边干净利落地挂了电话。

海报，海报。

文雅默默告诉自己，她是为了海报才妥协的，跟喜不喜欢陆逸寒没有任何关系。

宿舍楼下，了解到真相的陆逸寒脸上早已没了怒气，看着他那副嬉皮笑脸的模样，文雅觉得自己更生气了，把头别到一侧，冷冷道：“什么条件？”

“什么？”陆逸寒微微错愕。

“画海报的条件。”这家伙从来不做赔本买卖，这一次也绝不会例外。

“原谅我。”

“？”他这是在道歉？

“原谅我，否则，我就不画。”陆逸寒用最横的语气，说着最㞞的话。

他这是在为之前的无礼行为道歉？

这道歉的打开方式，还真是“特殊”。

看着陆逸寒跟个小孩子一样耍赖，文雅觉得又好气又好笑：“幼稚。”

“不许嫌弃我。”陆逸寒轻扫文雅一眼，“以后不许去找许默。”

想要什么直接跟他说不就行了，需要找外人传话？

“哼。”

“你这是什么态度？”

“是，你说什么就是什么。”看在海报的面子上，不跟这家伙一般见识。

“走。”

“你要带我去哪里？”

“吃饭去。”

“我要吃大餐。”

文雅出来得急，头发有些蓬乱，配上气鼓鼓的表情，活像个毛茸茸的团子，说不出的可爱。陆逸寒嘴角不觉溢出一丝笑意：“行。”

“哼。”算这家伙有点诚意。

“文雅，你喜欢我。”走出两步，陆逸寒突然侧身看着文雅。

喜欢。

如果不是因为喜欢，又怎么会让他影响着自己的喜怒哀乐。

“我没有。”

“不承认也没用，你就是喜欢上我了。”陆逸寒得意地勾了勾嘴角。

“嘁！”自大的家伙。

陆逸寒的沙画水平有目共睹，这张宣传海报无论立意还是画面细节都无可挑剔，不过半天时间，就引得新生纷纷报名。

场面完全超出了文雅的预料，她翻了翻资料：“这么多人，看来得好好准备场面试了。”

“都是大一新生，选谁不选谁，也不太好交代。”李如想了想，“让陆师哥来做面试官，绝对让人心服口服。”

这一点文雅不是没想到，但她并不想太过依赖陆逸寒，摇头道：“他那么忙，没时间吧。”

“又没有人邀请我，怎么知道我没时间？”陆逸寒无孔不入。

文雅无奈，配合着敷衍道：“那您有时间吗？”

“有。”陆逸寒看了看文雅对于社团的安排，倒是井井有条，不比他这个有经验的做得差，心里又高看这丫头几分，嘴上却不满道，“海选也不跟我说一声，你这是典型的过河拆桥。”

“您这么贵的桥，我可拆不起。”文雅随手扔了个苹果给陆逸寒，“这点小事就不用你费心了，我自己来搞定。”

“拍摄器械呢？”

“这不是现成的。”文雅扬了扬手机，看到陆逸寒似笑非笑的表情，不满道，“怎么，不相信我？”

“你多厉害，踢个椅子能把脚趾踢骨折，用手机拍个宣传片算什么。”

“滚犊子！”文雅想把陆逸寒踢出去。

“拍摄案例就从林法官那本书里面选吧，比较有典型意义。”文雅看了看陆逸寒，催促道，“我什么时候才能见到林法官？”

“她最近去外地出差了，回来再说吧。”

“真的？”

“骗你做什么。”别说文雅，连他都一个多月没见过林清怡了。

这样想着，陆逸寒神色一黯。

“哦。”文雅有些失望。

“案例要与时俱进，才能发挥出最大的警示意义。”陆逸寒想了想，“我觉得校园贷这个话题就不错。”

“有道理。”文雅摇摇头表示不解，“明知道自己没有还款能力却毫无节制地借贷，真不知道那些大学生怎么想的，出这么个宣传片也好。”

“诱惑多了，想法当然就多了。”

“所以说，法律的修订总是不可避免地有滞后性。”文雅伸了个懒腰，“不过有些案子永远不会过时，比如说家庭暴力。很多家庭暴力案件的量刑标准总会在实际操作中出现各种问题，我最近多看看这类案件，就算为辩论赛做准备了。”

“想的倒是长远。”陆逸寒微微挑眉，“谁说你可以去辩论赛？”

“许默师哥答应的。”

“他说了不算。”陆逸寒一边整理沙画台，一边慢悠悠道，“许默的助手早就定了，现在只有我没有助手。”

什么意思？

难道她想去现场，就必须要给陆逸寒这家伙当助手？

“是。”陆逸寒像是听到了她心里的想法，点头道。

他没告诉文雅，他的助手之位之所以空着，是因为他完全可以一个人搞定。

“想好了吗，等我找到助手，你可就没机会了。”

“行，我答应。”文雅只能妥协。

每次都被他威胁到，这种感觉实在太憋屈了。

文雅暗戳戳地发誓，总有一天她要扬眉吐气，好好赢陆逸寒一次。

“看在你这么有诚意的分儿上，我就勉强凑合一下吧。”陆逸寒得了便宜还卖乖，“明天早上八点来图书馆找我。”

“干什么？”

“研究卷宗。”陆逸寒又故意补了一句，“你丢得起人，我可丢不起。”

“知道了，陆师哥！”这家伙一天不挤对她就不舒服。

卷宗里共有两个关于家庭暴力的案子，第一个案子并不复杂，讲的是一个叫苏笑笑的女人长期遭受家庭暴力，在一次跟丈夫拉扯厮打的过程中，不堪责打，从六楼窗口跳下，当场身亡。

“这个案子，我在林法官那本案例书里见过。”当时看案例时，文雅就愤愤不平，这会儿说起来更是怒火中烧，“窗口那么窄，光凭她自己很难爬上去，而且当时有人看到她在窗口处停顿了好一会儿，不停地喊着救命，如果她是一时想不开跳楼自杀，又怎么会喊救命？”

什么自杀，根本就是丈夫杜鹏长期家暴，故意杀人。

“证据呢？”

“苏笑笑身上满满的伤痕难道不是证据？”

“那只能证明她被打了，不能证明杜鹏杀了她。”陆逸寒眉心处隐隐有怒火升腾，话语却十分理智，“杜鹏是高中政治老师，很清楚法律的漏洞，所以他承认自己把妻子拖到窗边，却矢口否认人是自己推下去的，甚至露出胳膊上的伤痕，证明发生争执时并不是只有他一个人动了手。”

判定故意杀人罪必须要证据确凿，可当时家庭监控并没有普及，案发现场除了苏笑笑和杜鹏也没有别人，林清怡通过多方取证，才判了杜鹏过失杀人罪，不然只能以故意伤害导致当事人自杀的案件来审理。判决之后，杜鹏不服上诉，案子僵持了一年多才最终判决。

那时候反家暴法还没有出台，相似案例中的悲剧女性，苏笑笑不是第一个，也绝不会是最后一个。

“法律既然是人制定的，就一定会有漏洞，所以才需要不断完善。”陆逸寒看看文雅，“我们能做的，就是认真对待每一个案子，以典型案例来推进相关立法。”

“这些可怜的女人至死都没有讨回公道。”想到这些，文雅心里就堵得慌，只恨自己的力量太过薄弱。

陆逸寒抬手揉了揉太阳穴，解释道：“法律是劝悔，不是劝恶的。”

正因如此，但凡有自首情节的罪犯，在审判中都会酌情从轻处理。

“悔过？这种连妻子都下得了毒手的畜生怎么会悔过？”文雅宁可相信太阳绕着月亮转，都不信像杜鹏这种人渣会有悔过之心。

陆逸寒默然。

他对这个案子的判决结果存在很大的异议，否则也不会选这个案子去参加辩论赛。

法律是有温度的，而法律的温度，恰恰就是执法者的责任感，这种责任感在于保护受害者，而不是施暴者。

一旦法律不能主持公道，就会让弱者寒心，从而选择用以暴制暴的方式来报私仇，长此下去，法律的威严将不复存在。

想到二十六岁就惨死的苏笑笑，文雅幽幽叹息一声："真可怜。"

"作为法官，最忌讳的就是先入为主。"陆逸寒神色严肃，"法律相信的是证据，不是主观判断，审判时必须要把心里的天平放稳了。"

"可是……"

"没有可是。"陆逸寒脸上是从未有过的严肃之色，"法律范畴内，任何矛盾都不是杀人的理由。如果不能弄清楚这一点，很遗憾，你并不适合这份工作。"

因为林清怡的关系，他见过许多刑事案件的详细卷宗，这些案件的当事人之中不乏父子、母子、亲兄弟姐妹，而那些造成惨案的凶手，往往是外人眼里可怜的老实人。

要善待弱者，却不能先入为主地偏袒弱者。

"我知道了。"文雅点点头，像个听话的小学生。

"看看这个。"陆逸寒把另一个卷宗递过来。

这也是一起家暴案，只是这次的女主人公秦丽跟苏笑笑相反，她没有选择自杀，而是杀了丈夫。

"故意给丈夫吃了迷药？"文雅有些不解，"左右已经下药了，为什么不干脆下点毒药，一了百了。"

"在现有的家庭暴力案件中，男人杀了女人，可以辩驳为激情杀人，除非特殊情况，否则大多数是判不了死刑的，可因为男女体能上的差异，女人杀害男人，大多数只能采取下毒等蓄谋方式。"陆逸寒解释道，"所以，她下了迷药，又故意把迷迷糊糊的丈夫引出家门，导致丈夫走到大马路上被车撞死。”

这样，丈夫的死亡就会被定性为意外死亡，如果不是撞了人的司机怀疑人有问题，坚持要求尸检，这件事将永远成为一个秘密。

文雅深深叹息，要不是走投无路，秦丽又怎么会走这一步。

法律纵然是公平的，可在现实面前，又是那样的无能为力。

“法律会越来越完善。”陆逸寒把卷宗装回档案袋，“每一个案件，所代表的都不仅仅是案件本身，它作为一个标杆，是为了替之后相似的受害者争取更多的利益。”

“看到这些案子，你不会生气吗？”

“会。”陆逸寒慢条斯理地整理着手上的卷宗，“然后呢？”

生气有用，他们这些法律工作者的存在就没有任何意义了。

“陆逸寒，你不喜欢法律。”

冷静是优点，可这种冷静，恰恰是因为没有热爱。

这也许也是旁观者清的一种。

“是。”陆逸寒点点头，一点儿犹豫都没有。

“既然不喜欢，为什么还要选择这个专业？”

“有区别吗？”无论喜不喜欢，他都一样可以做到最好。

“当然有区别。”

“无所谓，这不就是他们要的结果吗？”

他们，是谁？

“一条路走到黑，不是什么好事。”陆逸寒看看文雅，“回头是岸，早点儿想明白早点儿放弃。”

又来了。

“我承认我懂的没有你多，心态也没有你那么稳定，但这都是暂时的。”文雅面无表情地看着陆逸寒，“做法官是我的理想，我的理想不会在任何情况下改变。”

哪怕是陆逸寒，也不能让她改变。

爱是互相支持，不是互相泄气，文雅哪怕再喜欢陆逸寒，也绝不会为了跟他在一起而放弃自己的理想。

一连几天，陆逸寒连文雅的影子都没见到。

他并不觉得自己有错，可那丫头总对自己避而不见，显然拿出了打持久战的态势。

难道他们俩要一直这样僵持下去吗？

陆逸寒学习效率很高，往常看起书来，一页一页翻得飞快，这会儿有了心事，被眼前密密麻麻的小方块晃得心烦意乱，半天也没看进去一个字。

书桌前，宋绍泽打游戏打得热火朝天，连赢几局，他心满意足地摘下耳机，转头就见陆逸寒盯着窗户发呆。

看那入神的样子，应该盯了好一会儿。

宋绍泽原本该回英国修最后一年的课程，他自小聪慧，天分极高，短短一个月时间就学完了整个学期的课程，趁着十一假期回国，也不急着走，三天两头到陆逸寒这里晃上一圈，美其名曰：不忍心看着陆逸寒一个单身狗太寂寞。

陆逸寒人前总是嘻嘻哈哈的样子，脸上长年挂着标志性的“营业笑”，这副怅然若失的样子实属少见。宋绍泽微微纳罕，笑着调侃道：“怎么，该不会被那小丫头甩了吧？”

陆逸寒抬头，瞪了宋绍泽一眼。

“这你就不懂了吧？”宋绍泽往椅子上一瘫，以过来人的姿态给陆逸寒传授经验，“感情这种事情不用想那么多，死皮赖脸，厚着脸皮上就行了。”

“滚蛋。”陆逸寒直接爆粗口。

“你这个人哪儿都好，就是太能装了。”宋绍泽满脸嫌弃，怒其不争，“吵架一时爽，结果呢，还不是一个人在家生闷气，图什么呢？”

图什么？

他也不知道。

“她为什么偏偏要做法官。”陆逸寒神色黯然，“一想到她以后会变得跟她一样……”

“每个人都有自己的理想，你不能剥夺了吧？”宋绍泽低低叹了口气，“现在通信发达，早就不是那个为了一个案子跑断腿的年代了。”

“你不了解她。”那丫头倔强得很，这一点，比林清怡有过之无不及。

陆逸寒气的不是文雅坚持理想，而是他永远被排在理想之后。

“你这个人吧，虽然人缘很不错，但从来没谈过恋爱，根本就不了解女孩儿的心思。”宋绍泽变戏法儿似的从身后掏出一本书，献宝似的递到陆逸寒面前，“关键时候还得看哥们儿，这是我特意给你找来的，好好学。”

陆逸寒定睛一看，封面上赫然几个大字：如何让喜欢的人喜欢你。

“无聊。”

“别别别，好几十块钱买的呢。”见陆逸寒抬手就要把书扔进垃圾桶，宋绍泽连忙把书抢下，“你真不看？很实用的。”

陆逸寒连白眼都懒得给宋绍泽，拿起桌上读了一半的《民法通则》，继续看。

这一看就是大半天，宋绍泽喜欢热闹，不知道应了谁的约，早跑得不见人影。陆逸寒扔在床角的手机似乎知道自己受了冷落，一条消息都没有。

那丫头，真够狠心的。

陆逸寒眉头微皱，起身准备去洗漱，抬头，就见那本“恋爱秘籍”静静躺在书桌上。

他稍稍犹豫，拿起书。

好在宋绍泽没这时候突然杀回来，否则看到陆逸寒捧着“恋爱秘籍”看得比民法典还起劲，肯定会笑得直不起腰来。

陆逸寒一页一页翻着，觉得谈恋爱实在是件麻烦事，可文雅明显在生自己的气，僵持下去也不是办法，想来想去，还是决定从最简单的做起。

一夜好眠。

第二天一早，陆逸寒买了文雅最喜欢吃的里脊肉饼，来到女生宿舍楼下，掏出手机给文雅发了条简短的消息：“下楼。”

几分钟过去，并没有人回应，打电话，关机。

文雅有睡觉关机的习惯，应该还没有起床。

陆逸寒微微蹙眉，心里埋怨自己来得太早，正准备离开，却听一个娇滴滴的声音响起：“陆师哥好。”

他抬眸，一个身着红色运动装，打扮时尚的漂亮女孩，正含羞带怯地看着自己。

这个女孩儿，陆逸寒不认识，文雅却很熟悉，正是诬陷顾曼滴偷了自己香水的陈姗姗。

陆逸寒算是法大风云人物，被认出来并不奇怪。虽然眼前妖媚过了头的陈姗姗给他一种很不舒服的感觉，但出于礼貌，他还是回了一个淡淡的笑容：“你好。”

陈姗姗跟法大许多女孩儿一样，从开学就开始暗恋陆逸寒，她仿佛没有听出陆逸寒语气中的冷漠，不仅没有离开，反而往前凑了两步：“师哥，你是要找人吗？”

“嗯。”陆逸寒点点头。

陈姗姗不止一次看到陆逸寒跟文雅在一起，恨得背地里不知道骂了文雅多少回，这会儿只能强忍住不甘心，笑语盈盈：“师哥要找文雅？”

听到文雅的名字，陆逸寒微微勾了勾唇：“你认得她？”

果然是为了文雅！

文雅还真是好手段，开学才两个多月就让陆师哥对她这样上心，简直岂有此理！

“认得，当然认得。”陈姗姗灵机一动，睁眼说瞎话，“她就住我隔壁宿舍，我帮你把东西带上去吧！”

陈姗姗主动帮忙，陆逸寒自然不好拒绝，稍稍想了想，把手中的早餐递过去：“多谢。”

“你太客气了。”说话的工夫，陈姗姗远远看见有同班的女生走过来，几乎下意识地往旁边侧了侧身，虽然两人并没有触碰到，可远远看去，却像极了情侣之间在亲昵耳语。

女生对八卦总有种天然的敏感度，同班女生望着陆逸寒离开的背影，又看看陈姗姗手里的早餐，啧啧打趣道：“姗姗，可以啊。说，什么时候的事？”

许多事“眼见为实”，再解释只会欲盖弥彰，陈姗姗非常明白这其中的道理，做出一副茫然无措的模样，低头道：“蒋晴，你在说什么？”

她低头是为了掩饰心虚，然而落在别人眼里，却是十足的娇羞。蒋晴轻咳一声：“都送早餐了，还不承认呢。什么时候让陆师哥请我们吃大餐？”

嫉妒之心人皆有之，不过蒋晴相貌普通，学习成绩也一般般，跟陈姗姗相去甚远，她虽然也喜欢陆逸寒，却不敢奢望对方能看上自己。

“美得你。”陈姗姗含羞带怯地瞪了蒋晴一眼，一溜烟跑进宿舍楼去了。

文雅算得了什么，不就是会死缠烂打，如今这样的好机会落到自己面前，只要自己牢牢抓住了，就一定能够取代文雅，成为陆逸寒心里最重要的那一个！

无巧不成书，陆逸寒给陈姗姗递早餐的一幕，彻彻底底落到了刚跟顾曼漓外出跑步回来的文雅眼中。

顾曼漓也看到了，柔声劝道：“小雅，你先别生气，事情一定不是你想的那样。”

虽然她跟陆逸寒只有几面之缘，却看得出他不是那么肤浅的人。

更何况，就算比美貌，文雅也一点不比陈姗姗差。

文雅也不相信陆逸寒会喜欢狂妄跋扈的陈姗姗，可事实摆在眼前，她就是想说服自己，都说服不了。

委屈吗？

名不正言不顺，似乎也没有什么理由委屈。

“曼漓，咱们的眼睛都没瞎，不是吗？”

“小雅……”顾曼漓想再安慰文雅几句，然而在“事实”面前，再多的话也只会显得更加苍白无力。

上午两节课，文雅不知道自己是怎么上完的，书本上密密麻麻的字仿佛成精似的，无论怎么看都会自动排列组合成陆逸寒的模样，越是逃避，就越清晰。

或许是法大校园太小，又或许是冤家路窄，文雅好不容易熬到下课，出了教学楼，迎面就碰到了陆逸寒。

陆逸寒也看到了文雅，原以为这丫头会看在早餐的份上主动来求和，却见文雅神色复杂地看了他一眼，转身朝相反的方向去了。

陆逸寒蹙了蹙眉，觉得奇怪得很。他又给文雅打过几次电话，可一拨号码才发现，文雅不知何时把自己的号码拉黑了，发过去的信息也如同石沉大海，没有泛起半分涟漪。

难道书上教的方法过时了？

陆逸寒百思不得其解，更加气闷。

连续几天，陈姗姗时不时找各种机会接近陆逸寒。伸手不打笑脸人，陆逸寒便也不咸不淡地跟她说了几句话。

几句简单的交流，落在早已点燃了八卦之火的学生们眼中，无疑是确定了两人有交往意向的事实，一时之间各种羡慕嫉妒恨的留言甚嚣尘上。

流言传得这样热闹，文雅哪怕捂着耳朵也能听到，她委屈、烦闷、失落、心痛，怪陆逸寒，却又不知从何怪起，毕竟他从来没有说过喜欢自己。

至于上次……罢了，一切不过是自己的一厢情愿吧。

文雅心情糟糕透顶，每天除了上课，剩下的时间一门心思泡在图书馆里，可她如今这种状态，学习效率也高不到哪里去，她也不想回宿舍，初秋时节，还没通暖气的宿舍冷得像个冰窟窿，躺在床上盖两床被子她都冻得发抖。更重要的是，她不想室友们为了照顾她的情绪而变得小心翼翼，更不想让别人把自己当成一个彻头彻尾的失恋者。

还没开始就结束了，这算哪门子失恋？

“平生不会相思，才会相思，便害相思。”

或许只有写下这首诗的古人，才能明白她此时此刻的心情。

文雅的伤心难过，智商情商双双掉线的陆逸寒暂时并不知情，相反，他很奇怪，奇怪自己明明按着书中的做法，殷勤地送了一周的早餐，为什么文雅不仅没有感动，反而越发冷漠，连句话都懒得跟自己说。

一种相思，两处闲愁。

顾曼漓担心文雅，也顾不得忙活婚纱店线上 APP 的事，只要没课的时候都陪在文雅身边。

这天，图书馆关门后，文雅还是不想回宿舍，在跟顾曼漓告别后，一个人在学校外的小路上溜达。

初秋的夜晚有一丝丝凉意，为周遭增添了几分悠然的静谧，在恍惚迷离的氛围里，文雅的脚步渐行渐远，她并没有注意到，黑暗之中，有两双眼睛，满是怨恨地盯着自己。

“美女，这么着急是要去哪里呀？”一个痞里痞气的声音冷不丁传入耳中，在这安静的小胡同里尤为刺耳。

不远处的昏黄路灯下，一个染着两缕绿毛的小混混正似笑非笑地打量着她。文雅武艺不差，对付个把小混混不成问题，可如今已近深夜，又不清楚对方到底有多少人，贸然出手并非上策，只能暗示自己冷静下来，转身朝另一侧出口走去。

“美女，别急着走啊！”不知何时，另一个出口也被堵上了。

这条小路文雅走过许多次，怎么也没想到会遇到这种事，她不知道这两个人是特意来堵她，还是随机作案，用力把手里的包往远处扔去，趁着对方愣神的间隙，迅速向后方逃去。

想要把两个人同时引开显然不可能，只能尽力争取时间，摆脱被围困的境遇。

“站住！”

这样的计策显然并不奏效，不知何时又蹿出来两个男人，而这也让文雅确定，他们绝对是有备而来。

“别生气别生气，有话好好说嘛。”文雅暗暗深吸一口气，面上却是嬉皮笑脸的，“几位哥哥，咱们往日无冤，近日无仇的，何必这么剑拔弩张呢，你们说是不是？”

所谓伸手不打笑脸人，见都这时候了，文雅脸上竟没有半分惧色，其中一个小混混轻哼一声：“你这小妞倒是有几分胆识，可惜啊，谁让你运气不好，惹了不该惹的人呢。”

不该惹的人，谁？

文雅脑子飞速转动着，正想多套出点线索，对方却不肯上当，几个人齐齐凑了上来。

对此，文雅早有准备，只见她趁着其中一个人伸手来抓她的瞬间，一个抬腿，利落地朝其膝关节处踢去，并在落腿的瞬间，重重一脚跺在其脚面上。

几个小混混没想到，文雅一个柔柔弱弱的女孩子，竟有这般矫捷的身手。他们愣了愣，回过神来直接恼了："死丫头，看你往哪儿跑！"

"咣！"

文雅灵活弯腰，转身一个高抬腿直踢要害，将另一个男人踢倒在地，她并无恋战的意思，立刻转身向外跑。

"站住……啊！"突如其来的嘶吼声如漏了音的笛子一般刺耳，文雅有些奇怪地转身望去，只见一个小混混被一块砖头砸倒在地，在他身后赫然站着一个熟悉的娇小身影。

顾曼漓。

文雅顾不得去想明明已经回了宿舍的顾曼漓为何会出现在这里，急急道："曼漓，快跑！"

这种情况下，多待一秒，就多一秒危险。

"臭娘儿们，找死！"接连伤在女人手里，其中一个男人怒气上头，直接从腰间掏出一把刀子，恼羞成怒地朝文雅冲了上去。

"小雅，快走！"顾曼漓猛地把文雅推开，自己则慢了半拍，就在这几秒钟的迟疑下，被男人抓住头发，狠狠往墙上撞去。

“王八蛋！”胸腔被一股前所未有的愤恨之气填满，文雅也顾不得其他，捡起顾曼滴扔下的砖头，铆足了劲儿朝那小混混脑袋上砸去。

小混混惊叫一声，手中的刀应声落地，文雅来不及松口气，却见另一个小混混从地上爬了起来，拿着一把亮晃晃的匕首，直直朝自己的脖颈刺来。

那匕首来得又快又猛，想要闪躲已来不及，可若任由匕首刺穿大动脉，自己这条命就彻底交待了。

几乎就在刀尖划过来的一瞬，文雅猛地抬起胳膊挡住脖子，然而想象中鲜血淋漓的场面并没有发生。

“咔嚓！”似乎是骨头折断的声音。

文雅惊魂未定地睁大眼睛，面前却是那个日思夜想的熟悉身影。

“陆逸寒！”

昏暗中，陆逸寒没有理会文雅，拳脚依旧不停地在那小混混身上招呼着，打得对方鼻青脸肿才不甘心地停下来。

还好来得及时，若再晚片刻，他简直不敢想象会发生什么。

对文雅来说，陆逸寒的出现无异于救命稻草，她忍着胳膊上的疼痛，跌跌撞撞地去扶已经失去意识的顾曼滴，哽咽着喊道：“曼滴你醒醒，醒醒！”

顾曼滴是为了救她才受伤的，如果顾曼滴有个三长两短，她这辈子都不会原谅自己。

"冷静。"陆逸寒揽了揽文雅的肩膀。他灼热的掌心似乎有种特别的力量，让文雅七上八下的心渐渐安静下来，依着陆逸寒的指导，她坐在地上，让顾曼漓尽可能地平躺在她腿上。

"逸寒！"宋绍泽身后跟着警察，匆匆而来。

几个小混混身上都有伤，轻而易举就被控制住了，昏迷的顾曼漓也被抬上警车，送往就近的医院。

"曼漓，你能听到我说话吗？"路上，文雅一遍一遍地喊着。

然而，顾曼漓的眼睛始终紧闭着，没有任何回应。

文雅从小到大都没这么害怕过，哪怕闪亮刀锋就要刺穿脖颈那一刻也没有，可现在的她，却害怕极了。

"别急，马上就到医院了。"陆逸寒轻声安慰着，语气中尽是温柔。

文雅抬起满是泪痕的脸看了陆逸寒一眼，无声地点了点头。

好在晚上不堵车，十几分钟就到了医院，顾曼漓立刻被送进了急救室。文雅手臂上被划了一道细长的口子，殷殷渗着血珠，她坚持留在急救室门口等消息。陆逸寒也不勉强，找护士拿来纱布给她包扎了一下，然后把外套脱下来覆在她身上，轻声安慰道："别担心。"

陆逸寒的外套上有着熟悉的淡淡香味，文雅深吸一口气，想着两人这几日的疏离，只觉得五味杂陈，伸手就要把衣服取下来。

"好好穿着。"陆逸寒按住文雅的手，语气不容置疑。

被陆逸寒这么一训，文雅委屈的眼泪都快出来了，偏偏她最是倔强，用力咬了咬唇，甩开他的手，冷冷道："我又不是你什么人，担不起这般关心。”

这话里夹杂着的浓浓火药味儿，陆逸寒实在不明所以，心平气和道：“这么多天不理我，气也该消了。”

“我不理你？”文雅抬眸跟陆逸寒对视。

她本就憋了一肚子委屈无从宣泄，如今看着满脸茫然又无辜的陆逸寒，更是气不打一处来，冷漠道：“难道没人告诉你，既然有了女朋友，就不要再随便关心其他女孩子，免得让人误会！”

女朋友？

他什么时候有女朋友了？

陆逸寒更加莫名其妙，一向沉稳的语气中不由得又多了两分急促，他下意识地握住文雅的手腕，生怕一松开人就会跑开：“我实在不知道你说的是什么意思，你说清楚些，好不好？”

说到最后，陆逸寒的语气中甚至多了两分哀求，可见他心里有多焦急。

“你问我？”文雅气极反笑，“应该我问你才对吧，陆师哥！”

话说到这份儿上，陆逸寒就算是块木头，也明白文雅定是误会了什么。只见他以从未有过的严肃神色一字一顿道：“我真的不知道，你告诉我，到底怎么回事。”

文雅很想大吼一声“别装了”，然而眸光触上陆逸寒认真又茫然的神情，却莫名觉得对方并没有说谎。

“你跟陈姗姗，怎么回事？”文雅顿了顿，到底还是将心里话问了出来。

这一问，陆逸寒更茫然了：“陈姗姗，谁？”

要不是陆逸寒口碑很好，从没有什么花边新闻，这会儿的神情又严肃得有些过分，文雅一定会认为他是故意装的，可两次亲眼所见他们亲密接触，却又是实打实假不了的。

这其中，到底……算了，与其这么别扭着，索性说个明白。

这样想着，文雅心一横，抿嘴道：“就是那个劳您大驾，连续几次上门送早餐的姑娘，陆师哥，我提醒得够准确吗？”

原以为陆逸寒会“心虚”，然而他脸上却毫无愧色，凝眉反问道：“早餐，你没收到？”

这下，轮到文雅疑惑了。

又不是给她的，她收得着吗？

难不成？

电光石火间，一个想法后知后觉地闪过脑海，文雅看着陆逸寒，一字一顿道：“你让陈姗姗帮忙带早餐给我？”

“是。”陆逸寒怎么也没想到文雅竟毫不知情，仔细解释道，“那天早上我给你打电话，你还没开机，我原本想过会儿再来，正好遇到那个女孩儿，她说住你隔壁宿舍，可以帮忙带上去。”

原来如此！

疑团揭开，文雅只觉得呼吸到了久违的新鲜空气，浑身上下每个毛孔都透着轻松。她尝试着猜测道：“陈姗姗跟你说不小心把早餐弄脏了，她很愧疚，所以第二天重新买了两份，一份给我，另外一份给你，你本不想要，可她执意坚持，这才有了那番看似很亲密的拉扯，是吗？”

这世上什么都缺，就是不缺“绿茶”，而她竟然还傻乎乎地“眼见为实”，这脑袋，真是白长了。

听到这话，陆逸寒有些不敢置信地望着文雅：“你都看见了？”

不怪文雅生气，换作任何人亲眼看见喜欢的男生跟同一个女生有两次“亲密接触”，都不会当作什么都没发生。

“是。”文雅没好气地瞪了陆逸寒一眼，语气里尽是委屈，“既然不是真的，你为什么还要默认，你知不知道，整个法律系都传遍了。”

默认？

陆逸寒并不关注八卦消息，这种事也没人会在他眼前说。

难怪许默这几天见了他，总是欲言又止的样子，原来如此。

“你不知道？”

陆逸寒定定地看着文雅，仿佛有千言万语，可开口时，只是最简单的一句：“我说我完全不知道，你信吗？”

“我相信。”文雅毫不犹豫地点点头——如果陆逸寒当真喜欢陈姗姗，这会儿大可一走了之，根本没必要在这里跟自己废话。

问出这句话时，陆逸寒心里着实是有几分忐忑的，毕竟在这件事里能够引起误会的点太多。如今听到文雅坚定的话语，他松了口气，嘴角忍不住微微勾起一个好看的弧度。

他平时总是笑得痞里痞气、吊儿郎当，仿佛什么事都不放在心上，什么都跟自己无关，可这会儿的笑容却是发自内心的，如晨曦薄雾中穿云而出的阳光，透着轻柔的暖意，将文雅心中闷了几天的阴霾一扫而空，连带着呼吸都轻快了许多。

心情是顺畅了，可眼眶还是不由自主地红了起来，说不清是委屈还是后怕，文雅撇了撇嘴，没好气地瞪了陆逸寒一眼："我相信你跟陈姗姗没有任何关系，可并不代表我什么都不计较，我很生气，非常非常生气。"

如果不是今天遇到危险，她可能会一直误会下去，万一……

想到两个人很有可能会就此错过，文雅只觉得心尖疼得发颤，忍不住落下泪来。偏偏她又是个倔强的，不想让陆逸寒看到她哭，别过身子怎么都不肯回头。

文雅一哭，陆逸寒整个人都慌了，他能简单几句话把整个法律系的人逗笑，可面对文雅，却是惊慌失措又无可奈何。他略显笨拙地伸手将文雅揽入怀中，哄孩子似的安慰道："好了，不哭了。"

文雅越想越憋屈，很想赌气地把陆逸寒推开，然而这样久违的温暖怀抱，让她日思夜想，如何舍得拒之千里之外，撒娇似的轻哼道："谁哭了，我才没哭。"

"是，你没哭。"这会儿，什么原则统统被陆逸寒抛到九霄云外去了，他从善如流地顺着文雅，"是我眼花看错了，好不好？"

凡事都有两面性，这几天虽然痛苦煎熬，却也让文雅清楚地意识到陆逸寒在她心里有多重要。如今心结已解，她乖乖地赖在他怀里，小声呢喃道：“都怪你，你知不知道我这几天有多伤心，你可倒好，都不知道关心关心我。”

这几天，她偷偷流了多少眼泪，数都数不清，这可倒好，三言两语就原谅这家伙了，真的好没道理。

文雅生气，气自己没出息。

看着文雅泪眼汪汪的大眼睛，陆逸寒觉得心都要软化了，哪里还能反驳。他弯了弯嘴角，认同道：“怪我。”

是他的错，他不应假他人之手来送早餐，平白给了陈姗姗无中生有的机会，更不该两耳不闻窗外事，任由流言传了那么久。

他何止是错了，简直错得离谱。

恋爱中的女人总是矛盾的，看着陆逸寒愧疚的样子，文雅只觉得心抽抽地疼，连忙晃着他的胳膊安慰道：“好啦好啦，我不生气啦，这件事已经过去了，谁也不许再想。”

眼见不一定为实，以后无论发生什么事，她都会主动跟陆逸寒沟通，而不是选择一个人生闷气。

“小雅……”陆逸寒没想到文雅这么好哄，一时有些不太适应。

“说了不许再提。”文雅鼓了鼓腮帮，佯装出生气的模样，随后又低低叹息一声，“曼漓千万不要有事，否则……我真不知道该怎么办了。”

陆逸寒明白文雅的担忧，正准备安慰几句，急诊室的门被人轻轻打开。医生摘下口罩，来到陆逸寒面前：“陆先生，病人头部受到猛烈撞击，有些轻微脑震荡，所以暂时还在昏迷中，醒过来休息几天就没事了。”

“请问她什么时候能醒？”文雅急急追问了一句。

医生微微一笑，安慰道：“很快就会醒的。”

得到肯定答复，文雅悬着的心总算落了回去，鞠躬道：“谢谢医生。”

从抢救室回病房的路上，文雅的目光始终没有从顾曼滴身上移开。

顾曼滴额头上的伤擦了药，外面缠了一圈厚厚的纱布，惨白的嘴唇紧紧抿着，半分血色都没有。

看着这张熟悉的恬静脸庞，文雅心里百感交集，当时情况危急，要换了别人，只怕连靠近都不敢，可顾曼滴宁愿自己受伤，也要护着她。

眼泪无声无息地从脸颊上滑落，一滴滴落在顾曼滴的手背上。

突然，文雅感觉手心动了一下，抬眸一看，顾曼滴醒了。

顾曼滴嘴角带着一丝惯有的轻柔笑容，微微蹙了蹙眉：“小雅，你没事吧？”

“没事，没事。”文雅连连摇头，眼里的泪水却是怎么都止不住，好一会儿才握着顾曼滴的手，哽咽道，“你总算醒了，可吓死我了！”

“我这不是好好的吗？”顾曼滴笑得轻松，仿佛文雅没有受伤就是最大的安慰，心有余悸地追问，“那几个人……”

“别怕，他们已经被警察抓走了。”文雅安慰地拍了拍顾曼滴的手，“你什么也不要想，好好把伤养好。”

“没事，我没有那么娇弱。”顾曼漓点了点头，撑着身子想要坐起来，然而动作幅度太大，不小心拉扯到伤口，忍不住低呼一声。

“乖乖躺着，不许任性。”文雅小心翼翼地扶顾曼漓躺下，“今天晚上，我留下陪你。”

“不用……”顾曼漓下意识地想拒绝，然而触上文雅坚定的眼眸，也知道拒绝无用，轻轻点了点头。

“乖。”

文雅紧紧握着顾曼漓的手，两人含笑对视，眼眸再次不约而同地湿润了。

顾曼漓的伤势不算太重，她不想耽误课程，第二天下午就执意出院。文雅拗不过，只能应了她，好在这次风波并没有引起“余震”，校园里安静如常，一切仿佛只是一场意外。

文雅虽然受了一点儿小伤，但有陆逸寒陪伴在身边，这样的踏实幸福，足以让她忘记所有的不愉快。

至于陆逸寒对法官这个职业的莫名排斥，她相信，只要有足够的耐心，她会让他的想法慢慢改变的。

纸终究包不住火，文雅再怎么隐瞒，文心还是得知了她险些受伤的消息，匆忙赶到学校上上下下打量了几圈，唯恐文雅有伤瞒着她。

“老姐，我真的没事。”文雅被文心瞧得有些受不了，笑盈盈地揽着她在床上坐下，“你妹妹我，从小就是胡同一霸，能被几个小混混伤着？”

“少给我嬉皮笑脸的。”文心伸手戳了戳文雅光洁的额头，劈头盖脸就是一顿骂，“看看你，还有没有点规矩了，再敢大晚上去学校外面乱窜，看我不打断你的腿！”

“哎哟，别那么凶嘛！”文雅抿了抿嘴，大大的眼睛里满是无辜，“我只不过出去散个步而已，谁知道附近的治安突然变得这么差了。”

“还敢顶嘴是不是！”文心抬手就是一巴掌，“知道为什么会遇到小混混吗？”

文雅想了想，摇头。

她不记得自己得罪过什么人。

“是不是又替人出头了？”文心提醒了一句。

这个妹妹从小就喜欢打抱不平，为此没少惹麻烦，偏偏生了一副热心肠，什么都敢管，也不知道是优点还是缺点。

被文心一提醒，文雅顿时想起了开学时遇到的卖驴打滚的小贩，气得跳脚：“我们明明赔他钱了，他一点儿都没有吃亏……”

“人心复杂。对有些人来说，没占到便宜就等于吃亏。”文心拍拍文雅的肩膀，是担忧也是提醒，“以后没事好好在学校待着，别出去乱跑。”

“我又没做错什么，邪不压正……”

文心微微挑眉，抬手揪起文雅的耳朵：“嗯？”

“好好好，你说得对。”文雅从小跟文心一起长大，很清楚自家姐姐吃软不吃硬的性子，假模假样地“哎哟”一声，“伤口好疼……”

果然，一听这话，文心立刻紧张起来：“我看看，是不是刚刚抻着了？”

文雅眨眨眼，一本正经道：“可能是。”

伤口在胳膊肘外侧，虽然看起来恐怖，但并没有多深，文心是刑警出身，一眼就看出并无大碍。她冷冷瞥了文雅一眼：“疼得好，就该多疼几天，让你好好长长记性。”

苦肉计不成，文雅改为撒娇战术：“老姐，你就别训我了，很让人伤心的，你忍心看着我肉体和精神受到双倍摧残吗？”

对于这个古灵精怪的妹妹，文心向来最没有办法，重重叹了口气：“以后小心些，别让我和爸妈担心。”

“好姐姐，你可千万不要告诉爸妈。”文雅举手做了个发誓的动作，“我决定了，从今天开始头悬梁锥刺股，一心好好学习，绝不踏出学校半步。”

“最好是这样，否则看我怎么收拾你。”文心有些无奈地白了文雅一眼，忽然眸光一闪，转移话题，“和好了？”

文雅愣了愣，很快反应过来文心指的是陆逸寒，小脸不由得涨红起来，垂眸道：“嗯。”

文心虽然只见过陆逸寒两面，却对他沉稳内敛的性子很满意，自然不会反对两人交往。她嘱咐道：“既然决定在一起就好好相处，不可使小性子耍脾气，知道吗？”

听到这话，文雅委屈地撇撇嘴，小声抗议：“老姐，我可是这世界上最端庄大方、通情达理、温柔体贴的女孩子，怎么可能会做出那种蛮不讲理的事？”

通情达理还算说得过去。

端庄大方？温柔体贴？

这丫头该不是对这两个词有什么误解吧？

文心可不温柔，抬手一掌拍在文雅后脑勺上：“大白天的，做什么美梦，要不要我拿个镜子过来，让你重新认识一下自己？”

“好意思嫌弃我不温柔，还不都是跟你学的。”文雅不满地翻了个白眼，正想着调侃文心性格粗暴找不到男朋友，目光落到对方描绘精致的眼角眉梢时，突然愣了愣，旋即露出一个意味深长的笑容，“老姐，你化了妆。”

自从文雅记事起，她这个姐姐就活得比汉子还糙，从不化妆打扮自己，连妈妈都看不下去，几次提醒她要在穿着打扮上注意一些，然而每次都被文心以“不靠脸吃饭”为由怼了回去。这会儿竟然主动化了妆，要说没有问题，鬼都不信。

文心被文雅看得浑身不自在，“做贼心虚”似的下意识躲开她的目光，手指紧张地拨弄着鬓边的发丝：“怎么了，哪条法律规定我不能化妆？”

“是，没有法律规定，那……某些人心虚什么？”文雅平时总受文心教育，难得有占上风的时候，如何能放过这个大好机会，她轻咳一声，装模作样地摇摇头，“女大不中留啊。不知不觉中，某些人就悄悄谈起了恋爱，谈就谈呗，还不承认，唉！”

“爱情”两个字总是有一股神奇的魔力，能让人在不经意间变得柔软起来。文心心里欢喜，被文雅这么一调侃，不知不觉中羞红了脸，气急败坏地瞪着文雅：“你这个油嘴滑舌的坏丫头，找打是不是？”

“哎哎哎，说不过就武力威胁，可是没道理的。”文雅灵巧地退后两步，躲过文心的攻击，继续笑呵呵道，“是许默师哥对不对？你们俩可真够沉得住气的，要不是被我这火眼金睛给发现了，还打算瞒多久？”

从第一次见面时两个人的反应，文雅就看出这两人肯定有戏，没想到进展这么快，看来只要缘分来了，还真是挡都挡不住。

“不许闹了。”这会儿，文心已是平静下来，招招手示意文雅到她身边坐下，微微笑道，“没想瞒你，只是打算多相处一阵，稳定些再说。”

她跟许默虽然很喜欢彼此，但两人毕竟有着五岁的年龄差，虽然如今姐弟恋越来越为大众所接受，但真要跨过心里那道坎并非一朝一夕之事，总要好好想清楚。

文雅自然明白文心的顾虑，一边轻柔地为她按摩着肩膀，一边笑着宽慰道：“你呀，就是顾虑太多了，爱情本来就是不分年龄的，人家法国总统和总统夫人相差二十几岁，还不是恩爱有加。”她稍稍停顿一下，继续道，“更何况，看一个人并不能只看生理年龄，还要看他的心理是否成熟，我瞧着许默师哥成熟稳重，为人也细心谦和，是最好不过的选择。”

文心认同地点点头：“他的确很好。”

正是被许默的温柔稳重所打动，她才鼓足勇气，来接受这份跟设想中完全不同的感情。

“哎哟哟，这就护上了，看来我这个妹妹在你心里的地位要直线下降啊，真是伤心。”文雅分分钟戏精附体，还装模作样地抬眸抹了抹眼泪。

“这丫头，就不能给你点好脸色。”

“看看，你是真不爱我了……”

看着文雅委屈巴巴的小模样，文心忍不住笑了起来。

第八章

/

早就图谋不轨

一场风波尘埃落定，陆逸寒和文雅的关系也比之前亲近了许多，只是，无论文雅怎么追问，陆逸寒还是不愿意告诉文雅为什么不让她做法官，他只说法官这个职业太危险，不适合女孩子，其他的不肯多说一个字。

文雅左想右想，越来越肯定陆逸寒有事情瞒着她。

到底是为什么呢？

文雅越想越觉得心里不踏实。

她很喜欢陆逸寒，不想让他不高兴，可做法官是她毕生的理想，为了爱情放弃事业，也是万万不行的。

唉！

这天早上，文雅在睡梦中接到陆逸寒的电话。

“下楼。”

文雅睡得迷迷糊糊：“干什么？”

“去买菜。”

“陆逸寒，你是退休老太太啊，每天早上遛弯逛菜市场。”文雅贪睡，一点儿也不想起来。

“起床。”陆逸寒宠溺的语气中带了几分威胁，“五分钟，五分钟不出来，我就在宿舍楼下喊你的名字。”

“你在楼下？”

“是。”陆逸寒顿了顿，“现在开始计时。”

“别，你别胡来！”文雅瞌睡虫瞬间驱散了大半，赶忙下床拉开窗帘往下看。

楼下，陆逸寒正朝她笑得灿烂。

这家伙什么都干得出来，绝对不是开玩笑。

“陆逸寒，算你狠！”

在跟陆逸寒的较量中，文雅第一百零一次落了下风。

至于那个早晚要扳回一局的豪言壮语，早就不知道飘到哪里去了。

还没睡醒的文雅，迷迷糊糊被陆逸寒带着去菜市场，买了一堆涮火锅用的底料和食材。

好好的偏要在家里吃火锅，真不知道这家伙脑子里在想些什么。

文雅撇着嘴把洗好的菜分盘装好，正忙得起劲，电话响了。

两只手都忙着，文雅索性按下免提：“姐姐。”

“小雅，生日快乐。”

生日？

文雅从中学就开始住校，每次生日都是放假回家补过的，根本不记得日子，被文心这么一提醒才想起来，笑呵呵道：“谢谢姐姐，不过……你要是能送我一个限量款的故宫俏格格玩偶，我就更高兴了。”

文雅对故宫博物院有种特别的好感，对几款新出的文创产品更是喜欢得挪不开眼，有这个讨礼物的好机会，当然不会放过。

“放心，已经买好了。”知妹莫如姐，文心有些愧疚道，“姐姐今天有任务，不能陪你过生日，蛋糕晚些时候送到宿舍，你跟舍友们一起吃，别忘了给逸寒送一块蛋糕。”

“姐姐……”文雅连忙拦住，“我不想吃蛋糕，蛋糕钱……能不能折现啊？”

“你不是最喜欢吃蛋糕吗？”文心心思敏锐，瞬间了然，“小雅，你有事瞒着我。”

“没有。”

“没有，你心虚什么。”

“谁心虚了，我才没有。”文雅不想让陆逸寒知道今天是自己的生日，更不想让他因为早早吵醒自己睡觉而愧疚，急急道，“姐姐，我还忙着，先挂了。”

厨房门没关，虽然文雅刻意压低了声音，刚才的对话还是一个字不落地落到了陆逸寒耳朵里。

“今天你过生日？”不是陆逸寒粗心，实在是文雅身份证上的日子并不是今天。

他们的缘分，还真是越来越深了。

“生日而已，有什么大惊小怪的。”文雅对过生日并没有太强的仪式感，不以为意地笑笑，“礼物就免了，你要是把这些活儿都包了，我没意见。”

“好。”陆逸寒走进厨房，从储物柜里找出一条新围裙系上，“为什么不跟文心姐说实话？”

跟他在一起，就那么见不得人？

“没必要啊，省得她问东问西。”文雅的声音有微不可见的停顿，很快接上，“你去客厅等着吧，菜很快就好。”

“咚咚咚……”

外面传来敲门声。

文雅看陆逸寒一眼：“你点外卖了？”

陆逸寒眼眸一闪，似乎想到了什么，但很快又恢复如常，淡淡摇了摇头。

她怎么可能记得自己的生日。

文雅看着陆逸寒，只觉得这家伙今天实在有些古怪。

敲门声停顿片刻，又响了起来。

陆逸寒仿佛长在地上的柱子，一动不动。

“怎么了？”文雅擦干手上的水珠，越过陆逸寒往门边走，边走边调侃，“你有点紧张啊，该不会是前女友找来了吧？”

陆逸寒差点被自己的口水呛着：“以后少看点狗血电视剧。”他温热的手掌在文雅头发上揉了揉，赶在她前面出了厨房。

门应声而开。

门外站着一个气质优雅的中年女子，她左手拎着一个大号购物袋，右手提着一个精致的蛋糕盒，看到陆逸寒，脸上温柔的笑容不由得更深了些：“逸寒，生日快乐。”

生日？

文雅愣了愣，她跟陆逸寒同一天生日？

这么巧？

门外的女人是谁？

眼前这一幕，远在陆逸寒意料之外，他怔怔地看了面前的人片刻，突然神色不明地笑了：“难为你还记得，谢了。”

“逸寒，妈妈买了许多你喜欢吃的菜，陪你……”

“你工作忙，总有做不完的事，我都知道，也理解。”陆逸寒不以为意地勾了勾唇，“蛋糕我收下了，至于吃饭……我可不敢耽误您的宝贵时间，您还是工作去吧。”

“怎么能这么跟你妈妈说话！”文雅实在听不下去，在陆逸寒胳膊上拧了一下，随后从门缝中露出个笑脸，“阿姨，陆逸寒今天心情不太好，不是故意顶撞您的，你们慢慢吃，我先走了！”

看着笑容明媚的文雅，林清怡总有种似曾相识的亲切感，可一时半会儿也想不起来在哪里见过，她把目光转到陆逸寒身上：“这位姑娘是？”

“阿姨好，我叫文雅，是……”文雅正要做自我介绍，凑近些看清面前的人，竟有种时空紊乱的错觉，虽然很多年没有见面，可她绝对不会认错，她用力眨眨眼，有些不敢置信道，“林法官……您是林法官？”

陆逸寒的妈妈，竟然是林清怡？

之前的一幕幕如电影镜头般在她面前快速闪过，难怪陆逸寒会有林清怡的书，知道林清怡出差在外，还对法官这个职业那么排斥。

宋绍泽明明白白说了陆逸寒妈妈是法官，而她依旧没有反应过来！

她是猪脑子吗，竟然笨到这种程度！

女大十八变，林清怡并没有立刻认出文雅，笑着反问道：“你认得我？”

“认得，认得。”文雅用激动到哽咽的声音连连道。

这些年，林清怡对文雅来说，犹如精神支柱一般，在这样毫无准备的情况下，猝不及防地见面，让她怎么能不欣喜若狂？

“十年前，您在江城出差，我妈妈把家里所有的钱都借给了一个朋友，出于信任没有写欠条，对方竟要赖不承认，我妈妈又气又伤心，一病不起……”虽然过去了十余年，但当时的情景依然历历在目，文雅越说越激动，有些语无伦次，缓了口气方才继续道，“是您想办法帮妈妈把钱要了回来，还有……您送了我一把蓝色的小水枪……”

林清怡办案无数，又时隔多年，文雅很担心她根本不会有印象，没想到对方却是立刻想了起来，亲切的笑容中带着几分回忆的味道：“真是女大十八变，那时候你留着短头发，就是个假小子，忽闪着大眼睛看着我衣服上的徽章，说自己以后也要做一个大法官，没想到，你真的考到法大来了。”

年少时的梦想跟现实之间，总是有着偌大的差距，极少有人能够始终坚持自己的目标，而文雅，显然是那极少数中的一个，值得钦佩。

“当时您跟我说的话，我一直都记得。”文雅别过脸把眼角的泪痕擦干，再次回过身来，已是笑盈盈，“林法官，真没想到能在这里见到您，陆逸寒从没跟我提起过……”

说着，文雅狠狠瞪了陆逸寒一眼，这家伙就是故意的，诚心想看自己出丑。

“这里不是法院，也没有什么林法官。”母子生疏多年，虽然因为文雅的出现，陆逸寒对林清怡不再像之前那么排斥，但到底做不出太亲密的动作，他微微勾了勾嘴角，向文雅纠正道，“小雅，叫阿姨。”

林清怡心下了然，含笑附和：“逸寒说得对，叫阿姨才亲切。”

文雅一时有些适应不过来这样的身份转变，嘴唇张了又合，轻声唤道：“阿姨好。”

林清怡含笑看着文雅，怎么看怎么喜欢，见她有些拘束，又联想到她小时候活泼开朗的性子，不由得打趣道：“行了，别拘着了，倒是跟当年一模一样。”

想当年，在她这个外人面前，文雅也极力表现得很乖巧，可惜没说几句话就破功，在地上又翻又滚地给她表演武术。

当时她就很喜欢这个活泼的小丫头，否则也不会把给陆逸寒准备的生日礼物送了出去，没想到这会儿能再次见面。

冥冥之中的缘分，妙不可言。

“还想着做一回淑女呢，没想到十年前就暴露了。”文雅不好意思地挠挠头，但还是觉得有必要找补一下，“阿姨，我现在比小时候安静多了。”

最起码，不会天天跟一帮男孩子一起练习拳脚，把人打得连连求饶了。

“你很好，不用解释什么。”陆逸寒的语气虽然还有些淡漠，但微微上扬的嘴角将此刻的好心情暴露无遗。

“喂。”文雅悄悄扯了扯陆逸寒的袖子，示意他注意说话态度。

林清怡跟陆逸寒虽然是亲母子，但自幼聚少离多产生的隔阂，宛如铜墙铁壁般横在两人面前，以至于陆逸寒对所有的人都笑脸相待，唯独每次见了林清怡，都是一副冷冰冰的表情。

这种冷漠，文雅一个外人都觉得别扭，林清怡心里有多难受，可想而知。

陆逸寒目光再次落到林清怡身上，那声“妈妈”却怎么也叫不出口，只淡淡道：“进来吧。”

林清怡打心底感到欣慰，脸上的笑容越发多了几分：“一家人难得一起吃个饭，我特地去菜市场买了茄子，做一道你最喜欢的红烧茄子。”

文雅愣了愣。

如果她没记错的话，陆逸寒不吃茄子。

文雅的记忆当然没有偏差，因为下一刻，陆逸寒刚刚有所缓和的脸色便再次沉了下来：“不用了，我不吃。”

其实，林清怡也没有记错，陆逸寒小时候的确喜欢吃红烧茄子，可他口味挑得很，只吃林清怡亲手做的。林清怡工作太忙，一个月有大半个月在外地，只能偶尔抽时间做给他吃，他一吃到这个菜，就忍不住想起母亲。

可母亲却永远都不在他身边，久而久之，他就开始讨厌茄子，因为一看到茄子，就会想到母亲，那个一年见不到几次，连模样都快不记得了的母亲。

林清怡这样突兀地提起茄子，无疑是把陆逸寒心上已经结痂的伤口猛地撕裂开来。

疼得他喘不过气来。

许多东西，特别是孩童时期的遗憾，一旦缺失，往往很难弥补。

这其中的原委，林清怡自然是不知道的，可文雅诧异的表情和陆逸寒冷冰冰的话，已经说明了一切，她的心被从未有过的强烈愧疚感占据着，仿佛针扎似的痛。她缓了口气，勉强挤出一丝笑容：“好，那就不做了。”

“做呀，怎么能不做呢，我最喜欢吃茄子了。”文雅接过林清怡手里的茄子，笑呵呵地打圆场，“阿姨，您在沙发上坐着歇会儿，做饭这种小事交给我来做就行，保证您很快就能吃上一顿色香味俱全的午餐。”

说着，文雅拉过陆逸寒的胳膊，往厨房去了。

关上厨房门，文雅从玻璃窗看了看，确定林清怡没有跟过来，方才往陆逸寒身边凑了凑，小声道：“陆逸寒，林法官……你妈妈也是一番好意，你就别生气了。”

陆逸寒深深看了文雅一眼，好一会儿才微微勾唇：“我以为你会跟我说天底下无不是的父母，无论她做了什么，我都应该原谅。”

“林法……你妈妈工作忙，对你肯定有许多疏忽的地方，你会生她的气，也是人之常情。”文雅想了想，突然了然，“林法官当年送我的小水枪，应该是给你准备的生日礼物吧？”

她没有责备陆逸寒语气生硬，一点面子都不给林清怡留，因为她知道，陆逸寒心里一定有着说不出的苦，她没有经历过他心里的痛，没有资格用轻飘飘的几句话去劝别人原谅。

可同时，她心里对林清怡的感激，又深了一重。

林清怡并不是不想做个好母亲，可是为了帮更多受害者讨回公道，她只能一心扑在工作上。

看着文雅满是愧疚，陆逸寒心里更难受了。他深吸一口气，柔声道：“我没事。”

文雅盯着陆逸寒看了看，有些不放心地补充了一句：“这是你亲口说的，可不许骗我。”

“没有。”

“那你笑笑。”

“文雅，你训宠物狗呢。”

“你自己承认的，我可没说。”文雅忽闪着亮晶晶的大眼睛，突然踮起脚，讨好似的在陆逸寒脸颊上印上一吻，“别不开心了，好不好？”

层层涟漪如春水般在陆逸寒心里荡漾开来，他放下手里的葱，顺势把文雅揽入怀中，微微挑眉：“这算美人计吗？”

鬼丫头，知道自己拿她没有办法。

“这么明显，当然是了。”文雅抬手轻轻揉了揉陆逸寒的脸，笑呵呵反问，“我美吗，够不够资格让陆大帅哥中计？”

看着怀里俏皮可人的文雅，陆逸寒的心都要化了，他没有说话，俯身吻住她。

以前，或许有各种不如意，如今，有她在身边，一切都好。

毕竟林清怡在，陆逸寒并没有得寸进尺，轻吻了一下很快松开，开始认真准备午饭，两人一起做过好多次饭，配合得十分默契。

在文雅的提议下，除了火锅，还准备了几个简单的炒菜。陆逸寒切菜准备佐料，文雅掌勺，很快，厨房里就飘起阵阵香气。

林清怡透过玻璃窗，看着两人甜蜜和谐的身影，嘴角不由得蓄起一丝欣慰的笑容。

若说心病还需心药医，开朗活泼又善解人意的文雅，无疑就是最适合陆逸寒的那味良药，她很安心，也很放心。

林清怡还有事情要忙，吃过饭就匆匆离开了，洗碗的事照例由陆逸寒负责，文雅则端着洗好的草莓站在旁边，时不时往陆逸寒嘴里送一颗。

“哼，不给你吃了。”文雅突然想起什么，后知后觉地轻哼一声，“说，为什么要骗我这么久？”

得，秋后算账的时候到了。

陆逸寒洗碗的动作一顿，竟有些委屈地看向文雅：“没有骗。”

“是没有骗，可你分明是故意隐瞒。”文雅从善如流地纠正了用词，语气却依旧气呼呼的，“你明知道我有多崇拜林法官，却什么都不告诉我。”

“是你自己太笨。”他暗示的够明显了，这丫头愣是什么都没猜到。

“你就是故意的。”文雅撇撇嘴，“不管，我生气了。”

“是我不好，不该瞒你。”陆逸寒从身后环抱住文雅，语气温柔，“我不知道该怎么面对她。”

“好了。”文雅转过身，轻轻揉着陆逸寒的脸，含笑的眼眸中仿佛有万千星辰闪烁，“我明白你是不想让我成为你妈妈那样把工作看得太重，而无法顾及家庭的女人，所以才不说的，可是人跟人是不一样的呀，谁说崇拜谁，就要百分百复制粘贴呢？”

陆逸寒仔细打量着文雅，见她真的没生气，这才放下心来，点头道：“嗯。”

只要她不生气，怎么都好。

见陆逸寒这样紧张自己，文雅只觉得一股暖流从心底涌过，却还想逗逗他：“不过……才刚认识就想那么长远。说，你是不是那会儿就偷偷喜欢上我了？”

从来都是陆逸寒逗文雅，这会儿被文雅反将一军，他脸上瞬时泛起一层浅浅的红晕，衬得本就精致的容颜越发英俊，直看得文雅移不开眼，揽着他的腰抿嘴轻笑：“哈哈，被我说中了，是不是？”

“嗯。”的确，从第一次见面开始，陆逸寒就对文雅有种特别的感觉，否则也不会抢她的饭卡，让她每天都跟自己一起吃饭。

只是他自己没有意识到罢了。

“图谋不轨。”想起初遇时的种种，文雅只觉得一股别样的甜蜜涌上心头，嘴角的笑容藏都藏不住。

虽然文雅很想帮陆逸寒和林清怡母子解开多年的心结，却也知道童年那些不愉快的经历，在陆逸寒心里留下了不可磨灭的伤痕，不是一朝一夕能抚平的，只能慢慢来。

文雅和李如等人策划的校园贷普法宣传片做好了。

宣传片的创意符合当下潮流，播放后在学校内引起了不小的轰动。

“嘁，咸吃萝卜淡操心。”陈姗姗站在教学楼的宣传屏幕下，不屑轻嗤。

文雅最不喜欢陈姗姗这种跋扈性子，更何况因为她的不怀好意，还差点让自己跟陆逸寒产生误会，本不想搭理她，可看着她身上价值不菲的新款风衣，莫名想起那天在商场里看到的一幕，忍不住道：“父母赚钱都挺不容易的，能少花点就少花点儿。”

听文雅提到父母，陈姗姗有些心虚，连语气都变了：“你说什么？”

“我说父母赚钱不容易。”文雅没多说什么，转身找顾曼漓去了。

“小雅，这几天有个经纪公司找陈姗姗签约，说要捧她做网红，需要几万块签约费，她正在筹钱呢。”

“那么多钱？”

“是啊。”顾曼漓笑笑，“她一心想出名，好不容易有这么个好机会，怎么也不能放过。”

文雅实在不能理解这种行为，淡淡道：“应该有办法吧。”

“别的都好说，只要不是校园贷就行。”顾曼漓忧心忡忡，“我最近看了个新闻，利滚利，短短一个月就滚到几十万，想想都吓人。”

文雅摇摇头：“应该不会。”

陈姗姗虽然有些张狂，也喜欢显摆，但不算笨，应该不至于连这点利害关系都不懂。

懂是一回事，做到又是另一回事，特别是当人被所谓的光明前途冲昏头脑的时候。

交了签约费，陈姗姗没能如愿成为网红，先等到了连环催债电话。

好事不出门，坏事传千里，没过几天，陈姗姗裸贷不还的消息就传遍了法大的每一个角落，一时之间人言如沸。

“陈姗姗，哪个陈姗姗？”

“还能是谁，公共管理系那个呗。”陈姗姗惯会拜高踩低，平时被她冷嘲热讽过的人不在少数，这会儿落难，没人同情，只剩下嘲讽，“天天嘚瑟，还以为她家境多好呢，这会儿嘚瑟够了……”

“她不是天天想着当网红吗，这下彻底红了。”

“你说学校会不会处分她？”

“处分了也活该，你不知道她欺负顾曼滴欺负得有多厉害……”

以陈姗姗要强的性子，学校只怕待不下去了，只是不知道……

“看来单单普法是没用的，很多人就是不见棺材不落泪。”文雅自言自语感叹，手机屏幕闪了闪，有一条信息进来。

消息是个陌生号码发过来的，上面写着：“文雅，这辈子算你赢了，不要得意，下辈子我一定会赢你。”

赢？她赢什么了？

下辈子？

“陈姗姗！”文雅从床上蹿起，夺门而出。

一路飞奔去陈姗姗宿舍，宿舍里却只有顾曼滴，文雅神色凝重，急急问道：“曼滴，陈姗姗呢？”

“刚出去，可能去卫生间了。”顾曼滴苦笑一声，“她这两天一直窝在宿舍哭，整个人憔悴得不成样子。”

“她出去之前，有没有说什么？”

“刚刚她给我道歉了，说以前不该对我冷嘲热讽，让我无论多困难都不要借贷。小雅，我知道高利贷是违法的，有没有什么办法能帮帮她……”见文雅神色凝重，顾曼滴突然后知后觉地想到什么，“小雅，姗姗她会不会……”

“快走！”

文雅拉着顾曼滴冲下楼时，楼下围了一圈人，抬头，陈姗姗不知何时站到了宿舍楼楼顶。

楼下乱作一团。

“看，有人要跳楼！”

“是陈姗姗，陈姗姗要跳楼！”

“报警，快报警！”

……

“小雅！”

“不要慌。”文雅紧紧抓住顾曼滴的手腕，努力逼自己冷静下来，“我上去看看。”

“我跟你一起去。”

“她现在情绪不稳，人多了反而不好。你守在这里，有情况我随时给你打电话。”

宿舍楼一共七层，没有电梯，文雅以最快的速度冲上去，却发现天台的门被陈姗姗从里面锁住，根本没办法进去。好在这是老楼，门栏间缝隙很大，足够看清陈姗姗的一举一动。

“陈姗姗！”

“文雅，没想到最先冲上来救我的会是你。”陈姗姗扯了扯有些干裂的嘴角，“不，你是来看我笑话的，我混到这步田地，你很开心是不是？”

“我家又不开火葬场，你死了对我有什么好处。”文雅一边跟陈姗姗说话，一边悄悄发消息让顾曼漓去找防盗门的钥匙，“谁说一定要混得比我强来着，这才几天，就想一死了之？”

“我什么都没有了，还活着做什么！”陈姗姗凄凉地笑着，“这个世界，处处都是阴谋算计，有什么好留恋的。”

短短几天，陈姗姗就肉眼可见地瘦了一圈，如同一片轻飘飘的浮萍，风一吹就会随风而去。

“人生就像一场电影，只要还没到大结局，就会有反转逆袭的机会。”文雅劝道，“你就不想看看结局吗？”

陈姗姗情绪突然激动起来，她抬手紧紧捂住耳朵：“整个学校的人都瞧不起我，在我背后指指点点。你告诉我，我要怎么活下去！”

“你当初借贷的时候，就该想到会有这样的结果。”文雅并没有一味轻声细语地安慰陈姗姗，反而多了几分严厉，“成年人应该学会为自己的行为负责，你自己禁不住诱惑犯了错，不想着怎么去解决问题，弥补错处，反而要一死了之，真是有出息！”

“你少站着说话不腰疼！”陈姗姗笑得凄凉，是羡慕更是嫉妒，“不是每个人都像你一样幸运，轻而易举就能得到陆师哥的爱。如果陆师哥爱的是我，我一定要过得比谁都好，任何人都不敢看不起我，可我得到了什么，我什么都没有！”

“那你有没有想想，陆逸寒为什么要爱你，爱你一哭二闹三上吊？”

文雅一边说一边斟酌用词，“人人都有别人不知道的心酸，你家庭条件不好以前总被人嘲笑，就不该把这种痛苦加在曼漓身上，更不该榨干父母的心血，去满足自己的虚荣。”

“你哪里比我强，凭什么陆师哥喜欢你不喜欢我？”

“我之前也没觉得哪里比你强，但现在我知道了。”文雅捋了捋鬓边的碎发，轻笑道，“起码我不会遇到点小挫折就要死要活，还闹得尽人皆知。”

“你……”陈姗姗一直很讨厌文雅，可这会儿，却莫名觉得她看起来很顺眼，特别是她骂自己的时候。

“从这儿跳下去脸会摔得面目全非，血肉模糊，难看到鬼都嫌弃。”

陈姗姗爱美，最在乎的就是这张脸，文雅一针见血地戳中她的痛楚，让她整个人都慌乱起来。

“你……你管得着吗！”

“我没想管你，只是实话实说罢了。”

以文雅对陈姗姗的了解，知道她很大程度上并不具备跳楼的勇气，可人处在绝望中，很多思维都不能以正常情况来判断，她必须先稳住陈姗姗的情绪，起码要拖到消防队来。

楼下围满了人，一阵骚动。

陈姗姗本能地想要转身。

“别往后看！”

七楼是什么概念文雅再清楚不过，就陈姗姗这种外强中干的性子，看一眼脚发软，不想跳也掉下去了。

陈姗姗被文雅吼得愣住了，定在原地。

文雅知道现在最重要的就是把陈姗姗从天台上骗下来，她冷冷道："你以为跳了楼就一了百了了吗？你欠的钱还是一样要还，你父母辛苦把你培养大，不仅没得到任何回报，后半辈子还要背着一屁股债，你于心何忍！"

"我一人做事一人当，跟他们没有关系！"陈姗姗凄凉一笑，"我死了，他们就不用卖房子帮我还钱，就可以好好生活！"

文雅稍稍心安，算这个糊涂丫头还有点良心，知道考虑父母的感受。

"白发人送黑发人的痛苦，比卖一百套房子还要难受！你一死了之，无非就是想下辈子托生个有钱人家，过上锦衣玉食的生活，可惜啊，唉！"

陈姗姗眉心紧蹙："可惜什么？"

看着陈姗姗的反应，文雅知道自己没有猜错，将计就计，幽幽道："自杀的人是没有资格投胎为人的，只能当牛做马，蝇营狗苟。"

"你胡说！"

"佛经里就是这么讲的。"文雅扬了扬手机，"不信你自己查。"

"别以为我不知道你想骗我下去。"陈姗姗冷冷地盯着文雅，"我不会让你得逞的！"

"行，你就好好站那儿，千万别下来。"这会儿还不忘跟她赌气，也不知道掉下去死的是谁。

“我凭什么听你的！”陈姗姗抬脚往回迈了一步，毕竟在高处，即便没往下看，整个人也忍不住直打哆嗦，根本坚持不了多久。

“小雅，消防队员来了。”

“好。”文雅从顾曼漓手里拿过钥匙，把锁住的天台门打开。

“你们想干什么？”看到文雅进到天台，陈姗姗的情绪更加激动。

“让所有人都退下去。”

“小雅……”顾曼漓轻声唤着。

“放心吧，我有办法。”文雅回了一句。

“一个人死，很寂寞的。”文雅上前两步，“你不是厌恶我吗？拉着我一起跳，黄泉路上也有个伴儿！”

“你……你别过来！”好在陈姗姗良心未泯，大骂道，“文雅你疯了，跳下去会死的！”

“你都不怕死，我也不怕！”文雅硬着头皮，作势要往台子上爬——我去，这么高，恐高症都吓出来了，以后绝对不逞强当英雄了。

“不要！”

陈姗姗错愕时间很短，不过半秒，文雅果断抓住时机，一把将人从台子上拽了下来，藏在旁边的消防员立刻上前把陈姗姗按住，让她动弹不得。

“小雅，你怎么样了？”顾曼漓一个箭步冲上来，见文雅脸色惨白，上下嘴皮不停打着哆嗦，话也说不上来一句，急得都快哭了。

“没事儿。”文雅好一会儿才回过神，缓缓吐出一口气，“我可能有点恐高。”

今天这么一吓，以后肯定连过山车都不敢坐了，这个陈姗姗真是害人不浅。

顾曼漪心有余悸：“你怎么敢爬上去。”

“我也不知道。”文雅实话实说。

事情紧急，她根本没来得及多想，就冲上了天台。她不是英雄，可骨子里的正义感，让她做不到袖手旁观。

正因如此，当初顾曼漪被小贩讹诈时，她能够挺身而出，今天，同样如此。

她相信，如果林清怡遇到这样的事，一样也不会见死不救。

陆逸寒刚进校园，就听到文雅差点跟陈姗姗一起从楼上跳下去，吓得丢了三魂七魄，拔腿就往宿舍楼方向跑。

陆逸寒还是慢了一步，等他到的时候，文雅已经拽着陈姗姗从天台上下来了。

“陆逸寒……”文雅理亏，摸着鼻子打哈哈，“你怎么来了？”

话音未落，她就被陆逸寒紧紧抱进怀里。

“文雅，你不是超人！”

这个傻丫头怎么敢不顾一切地去救人，万一她有个三长两短，他该怎么办？

“你什么时候能改改逞强的毛病，这不是优点！”陆逸寒的手一下一下戳到文雅头上。

文雅觉得自己的脑袋被戳成了筛子，忍不住嘟嘴抗议：“疼。”

“你还知道疼，我当你视死如归呢！”陆逸寒又心疼又生气，不知道怎么办才好。

“我才不舍得死呢。”

“谁跟你嬉皮笑脸了，严肃点。”

“陆逸寒，你吼我。”文雅知道陆逸寒吃软不吃硬，忽闪着大眼睛可怜兮兮，“我受了惊吓，你还吼我。”

“好了好了，不吼你。”陆逸寒的心狠狠揪起，有些手足无措，“我错了，都是我的错。”

“你发誓，以后都不许吼我，否则……”文雅从陆逸寒怀里挣扎出来，“否则，我也跳……”

陆逸寒脚步一顿，面带威胁：“你干什么？”

“我……”文雅调皮地吐了吐舌头，“我跳进你心里，不高兴了就胡乱搅几下。”

从她出现的那一刻，他的心已经被搅成了一团乱麻。

“你刚刚要跟我说什么？”

“我爱你。”文雅看着陆逸寒的眼睛，一字一顿，“陆逸寒，我爱你，特别特别爱你。”

万一她死了，最大的遗憾就是没能亲口跟陆逸寒说出这三个字。

“傻丫头。”陆逸寒吻了吻文雅带着泪痕的脸颊，“我也爱你，这辈子只爱你一个人。”

“喂，我跳楼不是给你俩创造机会谈恋爱的！”经过文雅一番劝说，陈姗姗被救下来后，情绪稳定了许多，特意来跟文雅说声谢谢，没想到看到这一幕，又是一顿气急败坏。

“噗！”文雅忍不住笑出声来。

“你的案子，法学院会有人帮忙处理。”陆逸寒看了陈姗姗一眼，“未来的路是你自己的，如果你要一错再错，没人救得了你。”

“走。”陆逸寒长臂一伸，直接把文雅横抱起来。

“我自己可以走。”

陆逸寒把怀里的人抱得更紧些，语气不容置疑：“不行。”

“陈姗姗的案子，我可以参与吗？”文雅还想在校园里开个普法讲座，让同学们明白网贷的危害，拒绝虚荣攀比，远离超前消费。

“先管好你自己。”陆逸寒板着脸，“再敢冒这么大的险，我……”

“你怎么样，你能把我怎么样？”文雅揽着陆逸寒的脖子，一副恃宠而骄的模样。

“试试？”

“别别别，我错了。”

“是吗？”

陆逸寒抱着文雅原地转了两圈，转得她脑袋发晕。她连连求饶：“我错了，真错了，你放我下来呀……”

文雅那些话还是起了些作用的，被送回宿舍后，陈姗姗情绪渐渐稳定下来。顾曼漓不仅没有冷言冷语，反而柔声安慰她。

顾曼漓越是大度，陈姗姗越觉得自惭形秽，哭着道歉："对不起。"

"过去的事就不要再提了。"顾曼漓微微一笑，"校园贷违法，你的案子，法学院会帮你处理好，千万不要再想不开了。"

想着陈姗姗跳楼的场景，顾曼漓现在还觉得心惊肉跳。

"她呢？"

"你说小雅？"顾曼漓笑笑，"小雅跟陆师哥回家了，有时间会来看你的。"

"天天就知道谈恋爱。"陈姗姗拿起手机想要跟文雅打电话，似乎又觉得抹不开面子，对顾曼漓道，"你跟她说，我要见她。"

文雅以为陈姗姗又要胡闹，急忙赶过来准备训她一顿，却听到一番意想不到的话。

"你要以身说法？"

"我这个现成的反面教材，不知道比你那些干巴巴的法律条文强多少倍。"

虽然陈姗姗依旧是那副傲娇模样，但文雅半点也不讨厌，还觉得有点可爱，只有些担忧道："你能现身说法当然很好，可是你想没想过……"

这些日子，关于陈姗姗的流言蜚语传得一浪高过一浪，又闹了自杀这么一出，如果她再出面，少不得又要被人评头论足，到时候万一再想不开，也不好收场。

“你少门缝里看人。”经过天台一事，虽然陈姗姗嘴上不承认，心里却把文雅当成了救命恩人，说起话来也没有遮遮掩掩，“我都是死过一次的人了，还怕几句闲话吗？你赶紧去安排，最好场面搞得大一些，让那些个还对校园贷蠢蠢欲动的糊涂蛋看看什么是前车之鉴。”

“你真的决定了？”

“决定了。”陈姗姗想得很清楚，也不想给文雅犹豫的机会，“别以为你有陆师哥护着就了不起了，我就算现在什么都没有，也绝不会输给你的。”

文雅无奈地笑笑：“知道了。”每个人难免有犯错误的时候，知错能改，善莫大焉。

这也是法制教育的宗旨。

在法学院的多番协调安排下，以校园贷为主题的普法讲座在法大礼堂展开，三千多个座位坐得满满当当，最后一个环节，当事人陈姗姗上台讲话时，底下鸦雀无声。

陈姗姗没有逃避，平静而坦然地把自己之前贪慕虚荣，一心想要成名，不惜压榨父母，最终背上巨额校园贷的事一一道来。演讲完毕，她深深鞠躬，台下爆发出热烈的掌声，经久不息。

“生日快乐。”看着陈姗姗在台上的样子，文雅就明白，她已经迈过了那道艰难的坎，获得了新生。

“今天不是……”陈姗姗愣了愣，很快明白文雅的意思，含笑道，“谢谢。”

从今天开始，她彻底抛下过往，获得新生。

讲座结束，文雅意外见到了一个人。

“林法官，您……怎么来了？”虽然已经见过一面，也知道林清怡是陆逸寒的妈妈，但再次见面，文雅依旧激动得语无伦次。

“这么有意义的法律讲座，我怎么能不来呢？”林清怡满是欣慰，“小雅，你真的很棒。”

法律不外乎人情，这一点，文雅会比她做得更好。

“多谢林法官。”文雅有些犹豫，“陆逸寒他……他虽然不说，但心里是很尊重您的，您再给他一点点时间。”

“不怪他，是我亏欠他太多了。”林清怡反而释然了许多，“逸寒是个好孩子，只是对自己要求太严苛，有时候难免苦闷，有你陪着他，我很放心。”只要陆逸寒能幸福快乐，原不原谅她，并没有那么重要。

“林……阿姨放心，我会一直一直陪着陆逸寒的，只是……”文雅有些为难，“陆逸寒最喜欢沙画，我希望他能做喜欢的事。”

林清怡点点头：“给他点时间，他会想明白的。”

第九章

/

你怎么这么好看

法学院的课程紧张又忙碌，文雅几天后再见到陆逸寒，就见他坐在沙画台前，若有所思地盯着手机屏幕。

“发什么呆呢？”文雅从身后环抱住陆逸寒，亲昵地靠在他肩膀上撒娇。

陆逸寒握住文雅的手，微微摇头：“没什么。”

“明明就有事。”文雅撇撇嘴，“什么事连我都不能说？”

“一个艺术交流会，我拒绝了。”

“为什么？”

见陆逸寒继续沉默不语，文雅自己拿过桌上的手机来看，邮箱里是一张英文书写的精美电子邀请函。文雅英文不算好，只勉强看出上面说的是邀请陆逸寒去某国参加沙画表演。

陆逸寒也是这次艺术交流会上唯一被邀请的中国人。

“沙画是中国传统艺术，最早可以追溯到人类语言文字产生之前，可最近这些年却被一些外国人改良创新，说是他们的东西，简直胡说八道。”这些年，不少中国传统艺术被外国人争抢，甚至还争着申遗，想到这些文雅就生气，郑重其事道，“沙画走出国门，是为国争光的大事，你必须要去。”

“不是我不想去。”陆逸寒抬手指了指落款处的日期。

“十二月十六号？”那不是模拟法庭辩论赛的时间吗？

难怪陆逸寒会这么纠结。

“你放心去。”文雅稍稍一想，很快下定决心，“辩论赛有我，我可以的。”

“平日里的准备和身临其境完全不同，你没有经验。”

“好啊，原来你怀疑我的心理素质。”文雅佯装生气，“我虽然才上大一，但读过的案例绝对不比那些大三大四的师哥师姐少，连你我都能赢，别人还需要怕吗？”

“你倒自信。”

“连林法官都表扬我了，我当然自信。”文雅一脸傲娇，见陆逸寒还有些犹豫，索性耍赖，“不管，你必须去参加这个交流会。”

他们彼此相爱，又各自为自己的理想而活，才是最好的。

送陆逸寒上飞机后，文雅就一门心思扑到辩论赛上。

比赛当天，各个学校的参赛选手齐聚一堂，个个精神奕奕，实力不容小觑。

法学院的模拟法庭辩论赛，是出了名的神仙打架，文雅虽然准备充分，又有着丰富的知识储备，但难免还是有些紧张，因为她代表的不仅是自己，还有陆逸寒，更代表着法大的荣誉，绝不能有半分胆怯。

此次模拟法庭辩论赛中，文雅的身份是原告辩护人，这些天她翻遍法条，找遍证据，为的就是能有理有据，以故意杀人罪来把家暴致死案中的凶手杜鹏判处死刑。虽然明知道这只是一场比赛，根本改变不了这桩陈年旧案的结局，但她还是要拼尽全力。

“请旁听人员保持安静，现在宣读法庭纪律……”

随着书记员的声音响起，庭审正式开始，原告、被告依次入庭。

卷宗里有详细的案情记载，检察院以故意杀人罪向人民法院提起公诉，并附带民事赔偿，之后就起诉书指控的犯罪事实，由原被告双方进行辩论。

“被告人‘杜鹏’，你对起诉书指控的犯罪事实有无意见？”

“有。”“杜鹏”面色平静，嘴角甚至还含了一丝轻蔑的笑意，显然没觉得现有法律能对他怎么样，“我承认那天的确跟苏笑笑发生争执，也在情急之中把她扔上窗台，但我并没有让她开窗，更没有把她推下去。”

“被告人辩护人对起诉书有何意见？”

“我当事人是主观过失，并不构成杀人罪，无论故意还是过激杀人都不符合。”

文雅握了握拳头，暗暗调整呼吸。

“当时有无证人？”

“杜鹏”摇摇头：“没有。”

文雅蓦然，许多家庭暴力案件之所以难以定罪，就因为太过私密，缺少实证。

可这并不是放弃的理由。

显然对方先发制人，在气势上占了上风，但文雅并不畏惧，不卑不亢地阐述着自己的观点，“‘杜鹏’长期对苏笑笑实施家暴，已经构成清晰的故意伤害罪，事发当天，他明知道自己家在六楼，苏笑笑从窗户上跌落下去必死无疑，还把她往绝路上逼，甚至在苏笑笑一半身子探在窗外岌岌可危时，还依旧与她发生拉扯，致使苏笑笑坠楼，即明知道自己的行为会造成致他人死亡的危害后果，还希望或放任这种结果发生，根据《中华人民共和国刑法》第二百三十二条，‘杜鹏’的行为已经构成故意杀人罪。”

“发生争执只能证明他们的争吵还在延续，并不能证明‘杜鹏’有杀人动机。”

“我自始至终都没有想杀了她，是她自己跳下去的，她还想扯着我一起跳。”“杜鹏”力争，甚至把自己同样摆在受害者的位置上。

“根据尸检结果显示，苏笑笑手腕处多处骨折，根本不具备跟你拉扯的能力，而且楼下邻居几次听到呼救声，加上窗台上留下的挣扎痕迹，足以证明你在明知道苏笑笑掉下楼会死亡的情况下对其施暴，直接导致被害人苏笑笑死亡，具有主观故意性。”

……

一波波对峙，被告及辩护人屡屡提出无罪诉求，文雅冷静面对，见招拆招，凭借着充足的法律依据和稳定的心理素质，让对方哑口无言，渐渐败下阵来。

“本案经合议庭合议，认为被告‘杜鹏’的行为属于故意杀人，根据《中华人民共和国刑法》第二百三十二条规定判处被告‘杜鹏’死刑，剥夺政治权利终身！”

法槌重重落下那一刻，代表着文雅赢了。

理不辩不明，之所以唇枪舌剑，步步紧逼，为的是多争论一分，来日在法庭上就能为受害人多争取一分权益。

法律不是冰冷的，不能让弱势群体寒了心。

赢了辩论赛，期末考试又拿到了第一名，前阵子的精神压力瞬间释放出来，文雅觉得整个人轻松得快要飘起来，第一时间给文心打视频电话报喜。

自从跟许默在一起后，文心的外在形象发生了翻天覆地的变化，以往她总是万年不变的运动装，利落短发，整个人素面朝天，如今不仅学会了穿衣打扮，连头发也蓄了起来，甚至还做了个精致的小波浪。

“哎呀，这是谁家美女呀？”文雅盯着文心，越看越高兴。

文心跟许默在一起的事，她找了个机会跟李如说了。原以为李如会伤心生气，没想到她表现得很豁达，慢慢地，文雅也不再为此纠结。

文心被文雅调侃得不好意思，板着脸训斥道：“鬼丫头，我看你又欠揍了。”

“反正隔着屏幕你又打不到我。”文雅以手支额，继续嬉皮笑脸，

“爱情的力量真是太伟大了，我真要好好请许默师哥吃顿大餐，感谢他终于让我知道，我姐姐真的是个女人。”

陆逸寒正翻看着外语书，听着文雅的话，微微一笑：“请，正好一起聚聚。”

“好嘞，那就约火锅，吃火锅才热闹。”挂了视频电话，文雅忽地蹿到陆逸寒面前，紧张兮兮地问，“陆逸寒，同样都是谈恋爱，姐姐改变那么大，可我什么改变都没有，是不是不太对？”

陆逸寒认真看了看像树袋熊一样挂在自己脖子上的文雅，认真道：“也不是完全没有改变。”

“哪里变了？”文雅眸光一亮，笑盈盈看着陆逸寒，“是不是变漂亮了？”

陆逸寒抿了抿唇，把嘴角微微勾起的弧度压下去，一本正经道：“越来越稳了。”

“你嫌弃我胖！”她终于知道自己为什么没有改变了，都是被眼前这家伙气的。

笑闹过后，陆逸寒把文雅拥在怀中，在她额头上轻轻印了一吻，认真道：“这样就很好。”

他不需要文雅为他做出任何改变，只希望她能一直开心快乐、自由自在的。

“真的吗？”

陆逸寒把文雅抱得更紧，一字一顿：“是，很好。”

能被陆逸寒肯定，文雅心里瞬间乐开了花，口中却道：“原来我在你心里这么完美呀，这可不行，你得多提意见，否则我会骄傲的。”

陆逸寒看着文雅，眸中尽是宠溺：“你很好，可以骄傲。”

从上次提出约饭，文雅就开始跟文心约时间，奈何作为一名刑警，文心每天都很忙碌，这一等就是大半个月，好不容易等文心有了闲暇，几人便相约吃火锅。

“来，吃个虾滑。”

“麻酱调好了，蘸着牛肉片吃最好。”

许默看向文心的目光温柔如水：“你喜欢的海藻丝。”

看着文心温柔地为许默忙前忙后，文雅惊得下巴差点没掉进火锅汤里，捂着脸不忍直视：“哎哟，好好的火锅没吃着，吃了一嘴狗粮，某些人真的过分了啊。”

听到这话，文心忍不住羞红了脸，透过雾气腾腾的蒸汽看去，更觉得整个人都被一种前所未有的温柔气息笼罩着。

文雅觉得这样的姐姐好美，美得让人舍不得移开目光。

依着往常的经验，文心定是要回怼几句的，然而这次不等她开口，许默已是笑盈盈地看向文雅：“我倒是想给你也夹几块肉片，只怕逸寒不肯答应呢。”

陆逸寒微微一笑，直接拒绝：“她不吃肉。”

“为什么？”别人还没开口，文雅先一步提出抗议。

陆逸寒捞个虾滑放进文雅碗里，提醒道："你说了减肥，要我监督。"

"是吗？"好吧，她的确说过，只是好不容易才聚一起吃个火锅，不用那么认真吧？

"不行。"

"唉，真是命苦啊！"文雅一边吃虾滑一边摇头，"师哥，姐姐在哪里找的你啊，哪天我也打着灯笼去找找。"

"找什么？"

文雅瞥了陆逸寒一眼，勾唇道："当然是找个让吃肉，还给夹肉的男朋友。"

"哦？"

这丫头胆肥了，连换男朋友这种想法都敢有。

他可是孤版，一经售出概不退换。

几个人好久没聚到一起，说笑起来时间过得很快，就在要吃完的时候，文心的手机响了。

对于这种突然袭击的电话，文雅已经司空见惯，可这次，她总觉得哪里不对劲，鬼使神差地追问："姐姐，什么案子？"

"不该问的别问。"文心的语气骤然冷了几分，跟刚刚温柔的样子判若两人，仿佛在刻意掩饰什么。

"哦。"文雅乖巧应了一声。

起身时，文心的目光有意无意往陆逸寒身上扫了扫。

不过瞬间工夫，陆逸寒却似乎突然明白了什么，本能地拽住文心的手腕："文心姐，到底出什么事了？"

陆逸寒很少有这样严肃的时候，文雅和许默对视一眼，很快把目光聚焦到文心身上。

这个案子，绝对不寻常。

文心低头整理衣服，避开陆逸寒的目光，解释道："没什么，就是一个有点急的案子。"

"不可能。"刚刚文心接电话时，陆逸寒就莫名有种不祥的预感，这会儿看文心的言行举止，越发确定案子跟自己有关，声音忍不住多了几分急切，"你跟我说实话，到底出什么事了？"

"姐姐，谁出事了，是不是……"

"林法官被绑架了。"左右瞒不住，文心索性长话短说，"现在人在一个废弃的城中村里，歹徒身上有炸药，还可能有枪。"

"什么！"文雅脑袋"嗡"的一声，整个人瞬间从椅子里蹿了起来。

"十六年前，林法官审理了一个杀妻案，那人作案手段残忍，林法官坚持判他死刑，可后来几经周旋还是改判了无期，几次减刑后于半年前刑满释放。"说这话时，几人已经出了饭店，文心深吸一口气，"那人心理严重扭曲，半年后才动手显然蓄谋已久。"

几次减刑？

听到这话，文雅第一个想到了苏笑笑的案子，她脱口而出道："杜鹏出狱了？"

那种杀妻恶魔只关了十六年就出狱了，天理何在！

家暴重刑案例推广势在必行，任重道远。

“别问那么多了。”陆逸寒淡淡回了一句，又道，“文心姐，我跟你一起去。”

“我也要去。”文雅也挤上前来。

“我告诉你们，不是让你们胡闹的。”文心看着陆逸寒，一字一顿，“相信我们，林法官一定会没事的。”

“姐姐……”

“等我消息。”文心深深看了陆逸寒一眼，头也不回地走了。

“许默，麻烦你带小雅回学校。”陆逸寒对许默道。

无论现场有多凶险，他都要去。

“我不回去！”

陆逸寒是她最爱的人，林清怡是她最尊敬的偶像，这时候，任何理由都不能让她离开。

这是一座废弃的城中村，楼体被拆了一半，楼下被警察层层包围着。绑匪反侦察意识极高，所在的位置是这附近的最高点，藏得又很隐蔽，警察就是想安排狙击手，一时半会儿都找不到合适的地方。

“我上去。”陆逸寒排众而出，顺着破旧的楼梯慢慢往上走。

“站住！”绑匪杜鹏察觉出异样，大声喝道，“你是谁！”

“逸寒！”林清怡脸肿得青一块紫一块，声音也因为失血过多而有气无力，几乎从牙缝里挤出几个字，“别过来！”

“我是林清怡唯一的儿子。”陆逸寒一颗心悬到了嗓子眼上，面上却是前所未有的镇定，甚至还带着两分若有似无的浅笑，“杀人不过头点地，两眼一闭什么都不知道了，你这仇报得岂不是毫无意义？如果杀了我，林清怡后半辈子每时每刻都会活在痛苦的煎熬里生不如死，岂不是比直接杀了她要痛快一万倍？”

“逸寒，不要过来！”看着近在咫尺的陆逸寒，林清怡心如刀绞，冷冷看向满脸横肉的杜鹏，“你的目的就是拉我陪葬，我陪你死。”

“反正都要死了，只杀一个多亏。”杜鹏心里已经被仇恨填满，连连冷笑，“林法官，我觉得你儿子说得很有道理呢。”

“你想干什么？”

“你猜？”杜鹏狠狠一脚踹在林清怡腿上，把她踹倒在地。

“妈！”陆逸寒大喊一声。

这么多年，陆逸寒跟林清怡之间的隔阂就像一道长长的鸿沟，怎么都跨越不了，原以为这声“妈”再也喊不出口，没承想却在这一刻脱口而出。

这么多年，他的怨怼，他的冷漠，何尝不是无形的匕首，一下一下割在林清怡心上。

还好一切都不算晚。

“妈，对不起。”陆逸寒眼角有泪痕闪烁，咬咬牙，把泪逼了回去。

如果今天他没有来，如果林清怡有个三长两短，他这辈子都不会原谅自己。

“不，不怪你。”林清怡摇摇头，泪如雨下，“是妈妈不好，妈妈亏欠你太多……”

只是现在生死一线，也不知道会不会再有机会来弥补遗憾。

“少废话！你用手铐把手铐住，自己走过来！”杜鹏挟持着林清怡向后退了两步，恶狠狠地威胁，“如果敢耍花招，我马上杀了她！”

“我答应你。”陆逸寒爽快照做。

“逸寒，不要过来！”林清怡声嘶力竭地喊着。

然而陆逸寒却不听劝阻，义无反顾地走了过来。

杜鹏举起手中的刀，狠狠地往陆逸寒腹部扎去，陆逸寒躲闪不及抬手去挡，刀子不偏不倚直接扎在手腕上。

“今天就是你们母子的忌日！”杜鹏很明显没打算放过林清怡，他从怀里掏出一把手枪，直接对准林清怡的心脏。

文雅说得没错，这人就是魔鬼，一个十六年前就该判死刑的魔鬼。

“不要！”

被打倒在地的陆逸寒脊背一寒，不顾手腕上的剧痛，猛地攥住杜鹏的脚腕，用尽全身的力气往下一扳。

杜鹏始料未及，身子重心不稳，“咚”的一声倒在地上。

埋伏在外侧的刑警抓住机会，一枪打在杜鹏腿上。

“啊！”杜鹏吃痛，把陆逸寒狠狠甩了出去。

“砰！”杜鹏自知这是最后的机会，果断又开出一枪。

“林法官！”文心不顾一切冲上去，紧紧护在林清怡面前。

“砰！砰！”

数枪齐开，杜鹏直接被击毙。

文心受的那一枪正中脊柱，文雅等在手术室外，浑身僵立成了一尊雕塑，可那刺眼的红灯依旧没有灭掉。

三个小时过去了，文心依旧没有脱离危险。

陆逸寒手腕处伤口很深，被生生切断了两根筋，手臂上打着厚重的石膏。文雅让他回去休息，可他怎么都不肯，坚持等在手术室外。

“陆逸寒。”文雅好一会儿才找回自己的声音，整个人瑟瑟发抖，“姐姐……姐姐她不会死的，对不对？”

“不会。”陆逸寒紧紧拥住文雅害怕到颤抖的身子，用自己的体温给她注入力量，“一定不会有事的。”

文心救了林清怡的命，是他们全家的恩人，她不能死，绝不能。

“林法官怎么样了？”

“妈妈失血过多，好在已经没有生命危险了。她坚持要来看望文心姐，被我拦住了。”

“没事就好。”如果两个人都有生命危险，文雅觉得自己一定会更加崩溃。

“放心，有我在。”

“嗯。”

文雅从来没觉得时间过得这么慢，慢得仿佛空气都静止了，连呼吸都变得沉重不堪。她和陆逸寒就这样一直苦等着，不知道过了多久，人总算被推了出来。

“病人已经脱离生命危险，只是……”医生面色不忍，却也只能实话实说，“子弹正中脊柱，我们不敢贸然往外取，只能暂时让子弹留在体内，所以，病人能不能站起来，还不好说。”

文雅脑袋“嗡”的一声，人差点栽倒在地。

姐姐那样要强的人，如果余生只能在轮椅上度过，文雅不敢想象她会遭受多大的打击。

不过好在人还活着。

活着就好。

文心醒过来时已经是第二天下午，她并没有询问自己的身体状况，而是一脸忧心地问道：“林法官她……”

“林法官没事，休息一阵就能好了。”文雅紧紧咬住嘴唇，勉强挤出一丝笑容，“姐姐，医生说你没什么事，休养一阵就好了。”

虽然纸包不住火，但她还是尽力瞒着，能瞒多久是多久。

文心虚弱地点了点头，轻声嘱咐：“不要告诉爸妈。”

“好。”文雅紧紧握着文心的手，“姐姐，我会一直陪着你，你哪里不舒服一定要跟我说。”

“我挺好的，你不用担心。”文心性格坚强，反过来安慰文雅，“去看看林法官吧。”

“姐姐……”

文心虚弱地摇了摇头：“我真的没事。”

“文心姐。”陆逸寒站在床边，眼睛里满是懊恼和愧疚。

文心这一枪是替林清怡挨的，否则这会儿，林清怡已经是一具冰冷的尸体。

而他，也永远没有机会跟妈妈说那句对不起。

“逸寒，你不需要自责。”文心笑笑，“我是警察，即便人质不是林法官，换了任何人，我都会做出同样的选择。”

对于文心的遭遇，许默看在眼里，疼在心上。他明白文心现在并不想见那么多人，不动声色地把文雅和陆逸寒叫出病房，语气认真且郑重：“放心吧，有我在。”

在无微不至的行动面前，任何语言都显得苍白，但文雅还是顶着泛红的双眼，一字一顿道：“谢谢师哥。”

许默轻轻拍了拍文雅的肩膀：“好好的。”

目送文雅和陆逸寒消失在走廊尽头，许默这才转身回了病房。文心躺在病床上，一双大眼睛定定望着窗外，不知道在想什么。

看着情绪低沉的文心，许默整颗心都揪到一起，他在床边坐下，握住她的手：“小雅走了。”

“嗯。”文心点点头，见许默眸中满是焦灼，强打起精神笑笑，“阿默，我有话想跟你说。”

“如果想说分手，就省省力气吧。”许默最温柔，不说话时脸上也带着两分笑意，这会儿却是前所未有的严肃，“我不会轻易认定谁，可一旦认定，无论怎样，都绝对不会放手。”

文心沉默。

对许默，她是真的狠不下心说那些绝情的话，却也真的不知道该怎样面对他。

“阿默。”

“你的眼神骗不了我。”许默先发制人，“无论你以什么理由，都别想赶我走。”

“阿默，我可能再也站不起来了。”

“那又怎么样？”许默没有半点退缩，反而更加坚定，“就算你一辈子站不起来，我也会陪在你身边，做你的轮椅、你的拐杖，一辈子陪在你身边。”

如果所谓的爱情，只是顺境中的锦上添花，经不起半点风雨，还有什么意义。

“我……”话到嘴边，却是怎么都说不出口。她可以骗文雅，却没办法骗许默。

“心心，我知道你是坚强的女孩子，当初，我就是被你身上那种坚强独立的性格所吸引，才渐渐喜欢上你，可是，这并不代表偶尔的脆弱是错的。”说这话时，许默始终注意着文心的情绪变化，见其神色并无不适，这才继续道，“我们是这世上最亲近的人，是要携手走过一生的，如果在最亲近的人面前都不能卸下重担彼此依靠，那爱情还有什么意义？”

许默明白，这时候让文心回想之前的变故，无异于在逼着她自揭伤疤，可他不得不这样做，否则这块“大石头”就会一直压在她心上，久而久之，成为除不掉的心病。

文心怔怔望着许默，许久，一滴温热的泪珠缓缓从眸中滑落。

痛苦的闸门一旦打开，就很难关上，很快，枕巾就被泪水打湿了一大片。许默没有说话，只紧紧握着文心的手，给她力量。

在事实面前，所有的语言都是那样苍白无力，他所能做的，就是默默守在文心身边，陪着她把这最艰难的一关跨过去。

医院楼下，文雅踌躇许久，迟迟不肯离去。

“小雅。”

“不要跟我说对不起。”文雅摇摇头，“这件事不是你的错，也不是林法官的错，姐姐不会怪你，我也不会。”

“我知道。”可这件事终究是因他而起，他不能不自责。

“姐姐不会后悔救下林法官，更不会后悔当初选择成为一名刑警。”文雅定定地看着陆逸寒，“我相信林法官也不会后悔当初办理过这桩案子。”

“你还坚持要做法官？”

“是。”文雅回答得无比坚定。

做法官虽然很辛苦，还有被犯人报复的可能，可她选择了，就一定会坚持下去。

知难而退，不是她的风格。

一连半个月，文雅每天都在病床前陪文心说说笑笑，尽力用笑容掩饰对文心的担忧。

“既然担心姐姐，为什么不问？”

“姐姐很坚强，小时候我们俩一起跟爸爸学武功，就算再苦再累，她都会默默咬牙坚持，不像我，动不动就偷懒耍赖，哇哇乱叫。”回想起幼年的点点滴滴，文雅唇边微微勾起一丝愉悦的弧度，她看了陆逸寒一眼，摇头道，“姐姐是多么不服输的一个人，她不想让别人看到自己脆弱的样子，也不想看到别人同情怜悯的神情。”

姐姐这样努力地维护自己的尊严，她怎能戳破，又如何忍心戳破。

陆逸寒没有兄弟姐妹，然而文雅字里行间流露出的感情，他却觉得自己都能明白。他握住了文雅的手：“放心，都会好的。”

她相信许默会照顾好文心，而他也会好好照顾文雅，不让文雅受到分毫伤害。

“姐姐一定能撑过来。她那样优秀的人，无论转行做什么，都会做得很好。”在陆逸寒面前，文雅从不需要掩饰什么，只见她低低叹了口气，“刑警有多危险，我是知道的，从姐姐进警队那天起，我们一家人的心时时刻刻都在悬着，爸爸妈妈每次看到从京城打过来的陌生号码，就紧张得双手发抖，生怕听到姐姐受伤的消息。”

可惜该来的，终究还是来了。

陆逸寒稍稍犹豫，终究还是问道：“既然这样担惊受怕，叔叔阿姨为什么同意让姐姐考警校？”

“因为这是姐姐的理想啊！”文雅微微一笑，“爸爸妈妈从小就跟我们说，人来到这个世界上，就是要以自己喜欢的方式来生活，要知道自己想要什么，勇于追求理想，这样才能快乐。”

“快乐。”陆逸寒轻轻重复了一遍。

“只有做自己喜欢的事，才能发自内心地愉悦满足，人心情舒畅了，做起事情来就会事半功倍，爸爸说这叫良性循环。”文雅用亮晶晶的眼眸看着陆逸寒，突然问道，“陆逸寒，你快乐吗？”

微风轻轻抚过，吹乱了文雅额前的碎发，陆逸寒抬手帮她捋顺整齐，含笑道：“快乐。”

只要有文雅陪伴在身边，他就是快乐的，除此，别无他求。

“画沙画的时候，你才是最快乐的。”陆逸寒的手掌很宽厚，因为练习沙画的缘故，掌心结了一层细细的茧，文雅拉着他的手在自己脸上蹭了蹭，撒娇道，“陆逸寒，把那幅沙画送给我吧。”

话题转得太突然，陆逸寒有一瞬间的茫然，旋即眼神有些不自然地瞥向别处：“什么沙画？”

“也不知道哪个家伙背地里偷偷画我，还把画藏起来不承认，真是不知羞。”文雅眨眨眼，眸中的笑意更是藏都藏不住，“不过嘛，看在他长得超级帅，沙画也画得超级好的份儿上，我就不收肖像使用费了，是不是特别大度呀？”

陆逸寒当然明白文雅指的是他偷偷画的那幅肖像画，想起那天看到文雅和许默有说有笑，他就浑身暴躁得难以控制，原是想练沙画来静心，他本是随意画着，待反应过来时，面前赫然是文雅天真璀璨的笑容。

那一刻他忽然明白，这个活泼开朗、疾恶如仇的女孩，已经润物无声般地走进了自己心里，再也挥之不去。

看着陆逸寒脸上忽明忽暗的纠结表情，文雅就觉得好笑，继续打趣道："陆师哥，你也有闷声吃飞醋的时候呀。"

陆逸寒耳朵一红，口是心非地反驳："我没有。"

莫名其妙吃飞醋还吃错了对象，这样丢人的事怎么会是他做出来的，绝不能承认。

"是吗？"文雅踮脚钩住陆逸寒的脖子，在他脸颊上轻轻落了一吻。

陆逸寒皮肤白皙，哪怕离得这么近，脸上也看不到丝毫瑕疵。文雅花痴发作，傻傻道："你怎么这么好看呢，怎么看都看不够。"

陆逸寒宠溺地刮刮文雅的鼻子："你最好看。"

"你是因为我好看才喜欢我吗？等我老了，不好看了，你还会不会一直一直这样喜欢我？"未来太过虚无缥缈，文雅以前从不会多想，可自从跟陆逸寒在一起后，她总是会忍不住去想很久很久以后的事。

一辈子太短了，下辈子下下辈子，她都要一直一直跟陆逸寒在一起。

"不会。"陆逸寒摇头，一字一顿，"我会一直一直爱你，无论什么时候，都会一直一直爱你。"

“喜欢”这两个字分量太轻，不足以表达他对文雅的感情，他很爱很爱她，胜过爱这世上的一切。

又或者说，因为爱她，所以愿意爱这世上的一切。

一阵暖流从心底缓缓涌过，文雅闭着眼睛，感受着陆逸寒怀里的温度，抱在对方腰上的手臂，收得越来越紧。

现在的她，一分一秒都不想跟陆逸寒分开。

相拥许久，文雅从陆逸寒怀里探出头来，闪烁着晶亮的眼眸笑呵呵道：“我饿了。”

“走，咱们回家。”

顺路去菜市场买了菜，回到家，文雅自告奋勇地直奔厨房开始忙活，陆逸寒站在一旁，看着文雅有些笨拙地把土豆一个个削好，开口道：“我来切。”

“不行不行。”文雅头摇得像拨浪鼓，拽着陆逸寒的胳膊就把他往厨房外面推，“这道菜可是舒言姐姐手把手教的，必须我亲手做。”

陆逸寒稍稍迟疑两秒，问道：“你说的是舒家菜的舒言？”

“是啊。”自从跟江皓宸在一起，舒言已经被动地上过好几次热搜，如今也算是有着超高国民度的大厨，有人认识并不奇怪。

陆逸寒之所以认识舒言，是因为陆家跟江家本就有着诸多交集，前不久他才刚刚参加过江皓宸和舒言的婚礼，只没想到，文雅竟然跟舒言认识。

有时候世界还真小。

不过这些细枝末节，他并不觉得有必要特意提及，轻轻一笑：“略有耳闻。”

文雅也没想到陆逸寒会认识江皓宸，一边切着土豆，一边闲聊：“我们家跟舒家住一个胡同，舒言姐姐跟我姐姐是发小，她从小做饭就好吃，我总喜欢跟着姐姐去她家蹭饭，可惜我实在没天分，看了那么多年只勉强学到一点点。”

陆逸寒看着案板上足以跟薯条媲美的土豆丝，嘴角微微动了动。几番纠结后，他终是忍不住把心里的疑惑问出口：“这……也是舒言教的？”

如果舒言把土豆丝切成这样，舒家菜早就关门大吉了吧？

“咳咳……”文雅不想砸舒言的招牌，轻轻咳了一声，大大的眼睛里满是无辜，“能学到这样就不错了，你就勉为其难……忽略卖相吧。”

“不用勉强。”陆逸寒从文雅手里接过菜刀，“我来切。”

陆逸寒刀工不错，一根根细如火柴，晶莹剔透的土豆丝随着菜刀与案板碰撞的啪啪声掉落下来，整个动作如行云流水般顺畅。

“你刀工这么好。”会做菜的男人自带光环，陆逸寒在文雅心里的光辉形象又高大了几分。

陆逸寒傲娇地抬了抬下巴：“一般般吧，得看跟谁比较。”

“你不挤对我能死啊！”文雅直接把陆逸寒赶出厨房，“走走走，别耽误本大厨施展厨艺。”

事实证明，文雅的厨艺还是没白学，虽然她刀工不怎么样，但胜在速度快。没过一会儿，就做好了土豆丝炒肉片和虾仁鸡蛋，还加了个紫菜汤，简单温馨。

“来，尝尝。”文雅闪烁着亮晶晶的眼眸，把筷子奉上。

陆逸寒见文雅满脸期待地看着自己，只差在额头上写上“求表扬”三个大字，觉得一阵暖流从心底涌过，他伸手揉了揉文雅柔软的发丝，温言道：“好吃。”

“你还没吃呢，怎么知道好吃？”

陆逸寒语气笃定：“你做的，都好吃。”

突如其来的甜言蜜语说得文雅顿时红了脸，她有些不好意思地摸摸鼻子：“陆逸寒，你还是挤对我吧，突然这么温柔我还真有点受不了。”

文雅一番话说得陆逸寒哭笑不得：“看不出来，你有受虐倾向。”

“才没有呢，还不是你总挤对我，你以后要多夸……”

后面的话，文雅没有机会说出来，因为陆逸寒已经反手把人捞进怀里，深深吻了下去。

绵长一吻，直到文雅快要窒息，陆逸寒胳膊上的力道才缓了些，文雅不敢再闹，泥鳅似的从陆逸寒怀里滑出来，拿起筷子埋头吃饭，借此掩饰怦怦直跳的小心脏。

她对灯发誓，以后再也不随便撩拨陆逸寒了，尤其是吃饭的时候。

顿饭好不容易吃完，陆逸寒去洗碗，文雅擦完桌子，窝在沙发上打盹，至于那本从书架上拿下来的书，则直接当了枕头。

陆逸寒从厨房出来，就看见沙发上缩着的一小团。秋凉时节，即便在房间里也能感受到微微的寒意，他从里屋取来一床被子，轻轻盖到文雅身上。

正要在旁边坐下，文雅突然睁开眼，一双明眸仿佛蒙了一层湿漉漉的雾气，越发晶莹透亮。她轻轻拽住陆逸寒的袖子，声音慵懒："我睡不着，你读书给我听吧。"

陆逸寒弯弯嘴角，语气温柔："好。"

"谢谢大帅哥！"文雅让出地方给陆逸寒坐下，又在他怀里寻了个舒服的姿势窝着。

"听哪一段？"

文雅闭目养神："随便，什么都行。"

陆逸寒微微一笑，随意选了一段缓缓读着。他声音低沉有磁性，有种沁人心脾的舒适感，可即便在这样的温柔里，文雅还是听出了其中的不快乐。

"你不喜欢法学，就不要勉强。"文雅仰头和他对视，"做喜欢的事，才能快乐呀。"

快乐？

他多久没体会到这种感觉了？

如果不是文雅猝不及防地闯入他的生活，这两个字，对他来说只怕一辈子都只能是奢望。

陆逸寒轻吻文雅的眉心：“有你，我很快乐。”

“你知道我说的不是这个。”文雅微微红了脸，却不肯转移话题，“是因为你外祖父不允许，所以你才放弃理想的，是不是？”

文雅早就听宋绍泽说过陆逸寒的外祖父林远山，是个严肃认真又自律性极高的老爷子，多年来有着雷打不动的严格作息时间，即便已经八十多岁高龄，也不肯松懈偷懒。

这样的狼式教育，也就陆逸寒能受得了，换了她，早就自闭到想跳楼了。

陆逸寒沉默片刻，微微摇头：“没有。”

他是外公带大的，外公是他最重要的亲人，所以，不是外公的错，是他自己心甘情愿。

“陆逸寒。”文雅只觉得心抽抽地疼，下意识地把他抱得更紧，“我希望你快快乐乐的。”

以陆逸寒优异的成绩，以后无论成为法官还是律师，都会是不可多得的行业翘楚，正如林远山期望的那般，他会成为中国司法界的骄傲。

林远山没错，可文雅没有那么高尚，她不想看到一个中规中矩的陆法官、陆律师，她只想拥有一个快快乐乐的陆逸寒。

陆逸寒的事说大不大，说小不小，还得从林远山那边着手，相比之下，文心的腰伤更让文雅揪心，她只要有时间就赶去医院照顾文心。

文雅一大早买了早饭去医院，刚进病房，就见文心借着胳膊的力量支撑着跪在床上，整个人颤颤巍巍，一不小心差点栽倒在地。

“姐姐！”文雅眼疾手快地上前扶住文心，“你身体还没好，怎么能自己乱动。”

“整天躺着，没病也闷出病来了。”文心随手抹了抹额头上的汗珠，喘息道，“我的身体我自己有数，适当活动活动没事。”

她伤在腰椎上，无论站着还是跪着，都需要腰椎的力量支撑，只要能够跪得住，就一定有希望站起来。

为了许默，无论多难，她都一定要站起来。

“你可以活动，不过要在旁边有人的情况下，否则万一摔着，岂不是加重病情。”文雅没有打击文心复健的积极性，扶着她的胳膊道，“来，我扶着你。”

“好。”

文心意志坚强，再加上从小锻炼身体素质好，在许默和文雅的精心照顾下，身体恢复得很快，经过一段时间的努力，慢慢地可以拄着拐杖站起来。

这下，所有人都松了口气。

第十章

/

因为有你在身边

温暖的午后，陆逸寒跟宋绍泽人手一杯咖啡，相对而坐。

“闷了这么多天，还没想好怎么说吗？”宋绍泽不给陆逸寒继续沉默的机会，“要不，我替你去跟舅妈说？”

“这种事，就不用你助人为乐了。”陆逸寒白了宋绍泽一眼，微微叹息，“我也觉得自己很奇怪，那天明明可以心甘情愿替她去死，这会儿却连句道歉的话都说不出来。”

他心里早已经不怨恨林清怡，却不知道要怎么跟她相处。

“不用勉强，慢慢就好了。”宋绍泽抿了口咖啡，“老爷子说了，不会勉强你回去接管公司，让你去做自己喜欢的事。”

陆逸寒知道这一切都是宋绍泽的功劳，感激道：“谢谢。”

“行了吧，就知道你小子没什么诚意。”宋绍泽站起身来，随手取下墙上那幅装裱好的水墨沙画，“这个，送我了。”

等文雅从医院回来，宋绍泽已经走了，听陆逸寒在语音里说着公司的事，文雅不满地控诉：“陆逸寒，你到底还有多少事瞒着我？”

第一次见到开着跑车的宋绍泽时，文雅就知道陆逸寒家世不会差到哪里去，但没想到他家会这么有钱，有钱到跟江皓宸不相上下的地步。

这家伙也太低调了。

“我从小跟着外公长大，没花过家里的钱，多多少少也无所谓。”陆逸寒调侃道，“你要喜欢当官，回头让宋绍泽给你在公司安排个领导当当。”

“算了吧，我可没那个本事。”文雅抿了抿唇，小心翼翼道，“陆逸寒，能跟我说说你爸爸妈妈之间的事吗？”

她不想揭陆逸寒的伤疤，但很多事情不是一味逃避就能解决的。

“爸爸跟妈妈是大学同学，他们俩彼此一见钟情。”陆逸寒轻轻叹了口气，“爸爸品学兼优，是外公最出色的学生，可他是爷爷唯一的儿子，爷爷不愿意让他学法律，坚持要他回家继承家业，不惜以病重相逼，那时候爸爸正在外地处理一个案子，知道爷爷生病连夜开车往回赶，路上意外出了车祸。”

“所以，外公一直不肯原谅爷爷，也不愿让你回陆家？”

“外公恨爷爷害死了爸爸，觉得他唯利是图、冷血无情，爷爷认为正是外公一心怂恿父亲放弃经商去当法官，才造成这次悲剧。”

文雅听得一阵唏嘘，低声道：“这样的意外谁都料想不到，这些年，爷爷一定非常痛苦自责。”

文雅突然明白林远山为什么要对陆逸寒如此严格。

爱之深，责之切。

“明天去见见外公吧，改天再带你去见爷爷。”陆逸寒温柔的声音从头顶传来。

“啊？”外公那么严厉，她会不会因为话太多，直接被扫地出门？

“能不能……缓两天？”文雅抬头，紧张兮兮地看着陆逸寒。

陆逸寒摸摸文雅毛茸茸的脑袋：“外公只对我严厉，对别人还是挺温和的，不用紧张。”

“可我还是有点紧张。”想到林远山的名字，文雅的小心脏就怦怦乱跳，“外公一定希望你能找一个像林法官那样端庄优雅的女孩子，可惜一个没看住，你就被我拐跑了，你说他老人家得有多郁闷呀！”

“所以呢？”陆逸寒剑眉微挑，似笑非笑，“你想把我还回去？”

只看陆逸寒的表情，文雅就知道这家伙又有点不高兴了，连忙冷哼道：“好不容易拐来的呢，哪有还回去的道理，我这辈子缠定你了，想跑，门缝都没有！”

这还差不多。

陆逸寒嘴角勾起一丝愉悦的弧度，无声无息地笑了。

第二天一大早，陆逸寒就带着文雅去了林远山的住处，大门打开，还没见人，就听到一阵中气十足的笑声：“我的宝贝孙媳妇儿在哪儿，快让我瞧瞧。”

文雅小脸一红。

现在的老年人都这么开放了吗，八字还没一撇就提前认亲，而且，这根本不符合外公刻板老头的人设啊。

传闻有时候真不能信。

“外公您收着点，别吓着您孙媳妇儿，我可心疼着呢。”

“你个浑小子，有了媳妇儿忘了长辈。”林远山冷哼一声，抬手在陆逸寒头上弹了个脑瓜崩。

陆逸寒赶紧把被林远山弄乱的头发捋顺整齐，蹙眉抗议道：“外公，我已经长大了。”

“你就是长到八十岁也是我孙子，还想造反不成。”

林远山的笑声极有感染力，文雅受到感染，适才的紧张拘束消散了许多，主动迎上去，恭恭敬敬地鞠了个躬：“外公好，我是文雅。”

“好好好。”林远山看着笑容甜美的文雅，心里的好感更甚，招手道，“来，来外公这儿坐。”

“嗯。”

林远山虽然已经八十多岁，但腰板挺直，中气十足，走起路来健步如飞，整个人精神矍铄，关键是长得慈眉善目，一看就是个好相处的老人家。无论从哪个角度来看，都无法把他跟陆逸寒口中那个古板严厉的老人联系到一起。

难道这就是传说中的……人不可貌相？

“丫头，别拘束，就跟在自己家一样。”

林远山的话让文雅从愣神中回过神来，她连忙把身边的礼品袋递过去：“外公，第一次见您，也不知道您喜欢什么，想着马上就入冬了，就亲手给您织了条围巾，希望您不要嫌弃……”

文雅还想再继续说，但想起陆逸寒说林远山最不喜欢吵闹，下意识地闭上嘴，只露出一个礼貌的笑容。

“丫头还会织围巾呢。”林远山从手提袋里把围巾拿出来，很给面子地往脖子上比了比，笑盈盈地抬眸问道，“怎么样，好看吗？”

“好看。”文雅点头如捣蒜，“黑色特别适合您，戴上稳重大方精气神十足，这要是出门，保证是这条街上最靓的老爷爷。”

“你这丫头倒是会哄我开心，不像这个臭小子，一说话就惹我生气。”林远山笑笑，“这小子从小就没个正行，以后他要是敢欺负你，你就告诉外公，外公来教训他。”

都说隔辈亲，宠孙子的爷爷大有人在，可怼起自家外孙还不留情的外公，文雅还是第一次见。

这老爷子太可爱了，她喜欢。

陆逸寒佯装不满：“外公，您到底是谁外公。”

林远山年轻那会儿的确严肃古板、一丝不苟，养育陆逸寒那些年更是非常严厉，可随着年龄越来越大，老人家也渐渐改了性子，不仅人变得随和，也更喜欢热闹。

见了活泼可爱的文雅，自然越看越喜欢。

林远山刻板严厉的教育方式，却偏偏培养出陆逸寒这么个不着调的性子，或许这就叫物极必反吧。

“你个浑小子，还敢犟嘴。”林远山站起来，作势就要打陆逸寒。

“您现在可打不着我。”

“浑小子，看我打不打得着你！”林远山不服气，爷孙俩在客厅里你追我赶。

“外公歇会儿，以后我经常来陪您玩。”

“太好了，他们都忙，顾不上我这个老头子。”林远山撇撇嘴，委屈的样子活似个老顽童，十分逗趣可爱，短短几秒钟就忘记了自己正在“控诉”陆逸寒和林清怡，他的目光落到不远处的棋盘上，问道，“丫头，你会下围棋吗？”

“会，当然会。”文雅扶着林远山在沙发上坐下，笑嘻嘻地撒娇，“我只会一点儿皮毛，下得不怎么好，您可要让着我些，如果输得太难看，我会哭得很伤心的。”

“好说好说，让你十个子儿够了吧？”林远山迫不及待地把装着白色棋子的盒子推到文雅面前，“来，开始。”

“你个浑小子还站在那里干什么，滚去做饭。”林远山一脸嫌弃地支使陆逸寒。

“就是，赶紧做饭去。”文雅调皮地眨眨眼，随声附和。

落单的陆逸寒，家庭地位直线下滑。

“行，我惹不起你们。”陆逸寒勾了勾唇，眸中的笑意藏都藏不住。

这丫头就是个小太阳，走到哪里都能迅速跟人打成一片，把老爷子哄得开开心心。

“你这丫头也太笨了，这里明明只剩下两口气，你偏要去堵那个三口气的……”

林远山实在看不下去，也顾不得两人是对弈关系，忍不住给文雅指点。

“哎呀，外公您说好让着我的，不行不行，我要重新下……”

“你这丫头真能耍赖……”

“您就让我这一次嘛，最后一次……”

说笑玩闹着，直到陆逸寒把做好的打卤面端上桌，棋局上依旧没分出个胜负来。文雅闻着菜香，忍不住咽了咽口水，手中的棋子胡乱落地：“输了输了，外公太厉害，我甘拜下风。”

林远山赢了棋，高兴得小胡子一颤一颤：“想赢我，你还早着呢。”

“那可不行，您得多教教我。”文雅嘟了嘟嘴，目光落到陆逸寒身上时，突然想到什么，又补充道，“逸寒教我沙画，您教我下棋，等过一段时间，我岂不是琴棋书画样样精通啦。”

文雅之所以提及沙画，就是想旁敲侧击地试探一下林远山的态度，然而这一次并未再有奇迹发生，只见林远山目光微微一沉，淡淡道：“学那些做什么，玩物丧志，你们现在就该多读些书，稳稳当当地通过司法考试，以后才能成为一个既专业又尽职的好法官。”

唉，老古板果然还是老古板，看似改变了，可心里的底线就像法律准绳一样牢不可破。

“外公放心，我知道了。”这件事要慢慢来，急不得。

“那就好。”

文雅动了动唇，想要说些什么，却见陆逸寒朝她摇了摇头。

陆逸寒的厨艺很棒，可这顿饭，文雅愣是没吃出半分滋味。她生在一个特别开明的家庭，从小到大什么事都是自己做主，实在想不明白为什么长辈会把自己的思想愿望强加到孩子身上。

虽然他们的初衷是好的，可怎么可以打着“为你好”的旗号，堂而皇之地绑架晚辈的人生？

文雅越想越觉得沉重，连怎么出的门都不知道，闷头走了许久，她终于下定了决心，猛地停下脚步。

“我觉得你应该跟外公好好谈谈。”文雅脸上是从未有过的严肃之色，“你要跟外公解释，告诉他沙画是展示美的艺术，沙画师是跟法官一样值得让人尊敬的职业，不是不入流的东西，你想创作出优秀的艺术品，不是玩票，所以根本不存在什么玩物丧志。”

陆逸寒何尝不想说，可在外公的认知里，画沙画就是玩物丧志的思想已是根深蒂固，根本无法改变。他微微摇头：“没用的。”

陆逸寒的确热爱沙画，但相比之下，林远山在他心里的分量无疑更重要许多。外公已耄耋之年，若为此气坏了身子，他怎么都不会原谅自己。

“可是……”文雅知道教唆陆逸寒叛逆不对，可事关他一生的追求，若这般无声无息地妥协，无疑是对人生的极大不负责，想了想到底还是坚持道，“总要试试的，你没试过，怎么知道呢？”

人生本来就有很多种可能，陆逸寒事事优秀，可“林远山”三个字，就像禁锢在他头上的枷锁，让他不得不做出妥协。

陆逸寒知道文雅是心疼自己，不想让她再劳心费神，点点头道：“好。”

文雅犹豫几天，还是决定要跟林远山好好谈谈。

虽然跟老人家相处和谐，有时候还能没大没小地玩闹说笑，但要说正事，难免还是有点紧张。

为了话题转移得不至于太突兀，文雅按着事先想好的计划，先不着痕迹地说了些关于理想抱负之类的闲话，又问了问林清怡的病情。

林远山虽然岁数大了，但脑子还不糊涂，早看出文雅醉翁之意不在酒，直接打断她的话：“丫头，想说什么直接说，别绕来绕去的。”

这古灵精怪的丫头，连他都敢骗，真是欠修理了。

文雅是个直性子，绕来绕去转了半天也难受，既然被林远山看出来了，索性开门见山：“外公，陆逸寒并不喜欢法律，他爱的是沙画，圣人早有古训，君子不强人所难。”

这样直白的话，无异于当众指责林远山的强权，坐在旁侧的林清怡紧张得脸都白了，担心下一秒林远山会忍不住用拐杖把文雅打出去，然而林远山却半点情绪变化都没有，只淡淡道：“是吗？”

“君子有成人之美，己所不欲勿施于人，不都是这个意思嘛。”不知不觉中，文雅收敛了脸上的笑容，取而代之的是前所未有的凝重之色，“外公，陆逸寒是您一手带大的，您爱他胜过爱您自己，就因为这样，您更不该再阻拦他追求梦想。”

空气中陷入一种死寂般的沉默。

文雅没有催促，静静等待着林远山的答复。

不知是太过震惊还是太过愤怒，林远山眉头紧蹙，银白色的眉毛一挑一挑，好一会儿才挤出一句冷冷的话：“你这是在教训我吗？”

“您这辈子，为国家培养了一代又一代法学人才，功在千秋，作为刚刚踏上法学之路的晚辈，我没有资格，也不可能有资格来指责您。”文雅抿了抿嘴，将心底不断翻涌着的情绪压下去，一字一顿道，“可我知道，这么多年，逸寒从来都没有快乐过。”

林远山愣了愣。

从小到大，他教育陆逸寒要做一个正直勇敢、拼搏刻苦、严谨公义的人，却唯独没有想过，陆逸寒快不快乐。

见林远山似有动容之意，文雅趁热打铁：“外公，您在法律战线上工作了一辈子，希望陆逸寒能继承您的衣钵，在法学上有所建树是人之常情，可他仅仅只是您的外孙吗？”想到陆逸寒坐在沙画台前时，那闪闪发亮的眼神，文雅只觉得心里抽搐着疼，也顾不得太多，继续补充道，“他首先是个人，是个有血有肉的人！”

“小雅。”陪坐在旁边的林清怡实在担心林远山被气出个好歹。

林远山冷冷打断林清怡的话：“别拦着她，让她说完。”

文雅并非毫无分寸，相反，她很清楚林远山这辈子是从无数大江大河里蹚过来的，绝不会脆弱到连几句实话都受不了。她继续道：“人之所以有别于其他动物，就在于有思想有灵魂，陆逸寒从小就喜欢沙画，您却认为这是玩物丧志，坚决不许他学，陆逸寒不愿让您伤心，更不忍辜负您的期望，所以他最终选择了法律，成为您的骄傲，可他活着的意义，不是成为您的复制品。”

许多家长，总习惯于以爱的名义来绑架孩子的人生，陆逸寒不是第一个，也不会是最后一个。

所以，即便清楚林远山固执古板，可为了把陆逸寒从沉重的亲情枷锁中解脱出来，哪怕有万分之一的可能，她也要尽最大的努力去争取。

她太希望陆逸寒能快乐，为此，哪怕付出所有也是值得的。

“这些话……”

文雅担心林远山误会，急急道：“这些话都是我自己要说的，陆逸寒并不知道。”

“你为什么选择法学？”

话题转得太突然，文雅一时竟有些没反应过来，但还是如实回答：“我想成为一名优秀的法官，从小就想。”

可能受父亲影响，文雅骨子里有一股江湖人的豪爽志气，总喜欢打抱不平，在现代社会，法律能够最大限度地维护世间的公平正义。

“学法律苦吗？”林远山沉默片刻，再次问道。

“苦，苦得不得了。”文雅向来不会说场面话，在林远山面前也不例外，“从踏进法学院那天起，我们每天要面对的就是数都数不清的法学专著，要记要背要融会贯通，要翻看各种案例，了解中外论法的差异，了解政治史经济史文化史，恨不得上知天文下知地理，更要口才了得。当然，最好还要会点拳脚功夫，在当事人撒痴撒泼的时候，好歹能自卫。”

文雅虽然说得直白了些，却句句都是实情。林远山胡子一颤一颤的，却也无法反驳，冷着脸道：“既然这么辛苦，为什么还要坚持？”

“因为爱。”文雅声音不大，但每个字都透着深思熟虑后的坚定，“心中热爱，哪怕再苦再难都甘之如饴，因为这份信仰就是活着最大的意义，可如果没有爱，这一切就是绑架人生的枷锁，爱，不是控制不是强迫，我爱陆逸寒跟他是学霸、是校草、是陆氏独子都没有任何关系，我只希望他是陆逸寒，一个快快乐乐的陆逸寒。”

优秀如陆逸寒，从小就是家长口中“别人家的孩子”，却从没有人问过，这样的优秀，是不是他想要的。

林远山默然。

“爸。”林清怡轻轻唤了一声。

“我知道你想说什么。”林远山淡淡瞥了林清怡一眼，“你们都认为我错了，我……的确错了。”

文雅能想象到林远山恼羞成怒把自己扫地出门的场景，也能想象到他被自己说服，默认之余黯然神伤的样子，却怎么也没想到他会认错。

他竟然，认错了。

“外公……”文雅真有点慌，生怕自己逼得太紧，让林远山精神失常了。

“还坐在这里干什么？”林远山傲娇地别过脸，不耐烦地冷哼一声，

“去告诉那个臭小子，想做什么就做什么去！”

突如其来的一句话，犹如石破天惊，文雅只觉得耳朵嗡嗡作响，浑身每个细胞都被一种不切实际的狂喜所占据，整个人傻傻地看着林远山。

文雅呆萌错愣的模样，让林远山有些忍俊不禁，想笑又觉得不合时宜，故意板着脸：“还不走，想等我改变主意？”

“走走走，马上就走！”文雅这才反应过来，整个人如弹簧般从沙发上弹起，刚走两步，似乎想起什么又折返回来，“外公，您能再说一遍吗，我要拍下来留作证据，这样您就永远不能反悔了！”

“你个臭丫头，要求还挺多。”林远山故作生气，“我是那种言而无信的人吗？”

文雅挠挠头，小声嘟囔：“那谁知道呢。”

“嗯？”

“您是世界上最最好的外公！”文雅朝林远山做了个鬼脸，一溜烟儿不见了。

林清怡望着文雅离开的方向，脸上尽是欣慰的笑容，可笑着笑着，眼角的泪水就不受控制地流了下来。许久，她转身看向林远山。

“儿孙自有儿孙福。”林远山看看林清怡，心里无限感慨，“小雅是个好孩子，只要她跟逸寒好好的，我就心满意足了。”

出了林家，文雅第一时间把这个好消息告诉了陆逸寒，可回应她的不是同样的兴奋，而是长久的沉默。

看到陆逸寒这样的神情，文雅心里顿时慌乱起来，急急追问：“陆逸寒，我是不是做错事了？”

“没有，我很高兴。”陆逸寒轻轻把文雅拥入怀中，“我高兴的不是外公终于允许我去做喜欢的事，而是有你在身边。”

文雅就像一个小太阳，不仅让他的生活充满阳光，她还用自己的爱和对梦想的执着，像润滑剂般不断调和着他跟家人的关系。

他何其有幸，能够遇到文雅。

“那当然，你赚大发了。”文雅紧紧抱着陆逸寒的脖子，两人相视一笑。

日子过得很快，文心病情稳定，很快就能出院了。出院当天，陆逸寒和文雅早早来到病房，却没想到有三个人比他们还要早。

李如把手里的百合花束递给文心，含笑道：“文心姐姐，祝福你跟许默师哥永远开心快乐。”

“谢谢。”文心知道李如对许默的感情，见她不仅可以豁达放手，还愿意送上祝福，心里感动不已。

“姐姐，这是我俩送你的礼物。”陈姗姗不甘示弱，献宝似的把一张卡片递给文心。

“旅行创意婚纱照？”文心有些喜出望外。

“旅行拍照两不误，还能提前享受蜜月旅行，出国游还能体验有当地民俗特色的婚礼仪式，一举多得。”顾曼漓不再是曾经那个胆怯的少女，举手投足之间充满着自信，“我俩先在这个婚纱摄影公司实习，发挥专业优势设计出好的方案，等攒足经验，毕业以后可以自己开个工作室。”

看着眼前这两个人的华丽蜕变，文雅满心欣慰，笑着打趣道：“你俩志向不小啊，可喜可贺。”

陈姗姗跟顾曼漓相视一笑，傲娇地扬扬下巴：“放心吧未来法官，我们不会比你差的。”

“是，你最厉害了。”

“以前的我是有些过分，不过咱们也算不打不相识，谁也不许提过去。”

“好。”文雅看看陈姗姗，又看看顾曼漓，三个人不约而同地笑了起来。

这是一个处处都存在着机遇的时代，只要她们在各自的领域不断努力，一定能够越来越好。

这几个月，除了学习，文雅所有时间都用在帮文心做康复训练上，现在文心没事了，文雅总算松了口气，周末跟陆逸寒一起去老宅看望林远山，顺便给老爷子补过生日。

当然，文雅也悄悄联络宋绍泽，邀请了陆逸寒的爷爷陆明启。这段时间，在陆逸寒和文雅几人的努力下，两个老爷子不再老死不相往来，偶尔也会见上几面，只是每次都要吵个脸红脖子粗。

宋绍泽是个哪里热闹往哪里凑的主儿，如今见两家皆大欢喜，也跟过来凑热闹。见到陆逸寒，他忍不住又是一阵抗议："咱俩拿着同样的股份，你优哉游哉，我却累得半死不活，这是什么道理？"

"能者多劳嘛，谁让表哥你这么优秀呢。"文雅挽着陆逸寒的胳膊，小鸟依人。

"我说你俩能不能收敛点儿？"宋绍泽被塞了一嘴狗粮，整个人都不好了，"我可警告你们，要是再虐狗，我就撂挑子不干了。"

"行行行，您劳苦功高，我们惹不起您。"

闲聊几句，文雅去找林清怡说话，陆逸寒则把一个早早准备好的文件袋递给宋绍泽。

"什么好东西？"

"看看。"

"陆逸寒，你什么意思？"宋绍泽看了一眼文件，立刻跳脚，"小爷我缺你这百分之十的股份？"

"这是你应该得的。"陆逸寒笑笑，"公司里的事多上点儿心，我可指着你给我赚钱分红呢。"

"想得美。"

林远山还是那个别扭脾气，明明很想陆逸寒，见了面却摆出一副不以为意的模样，轻哼道："还知道回来。"

“当然要回来呀，不回来，怎么能看到这么可爱的外公呢。”文雅早就把林远山的傲娇性子摸了个透透的，凑上去笑呵呵地打趣，“哎呀，几天不见，外公您怎么变了，变得越来越年轻了，连发脾气的气力都比以前更足了呢。”

“你个鬼丫头，连外公都敢调侃，是不是找打。”对于蛊惑陆逸寒入“歧途”的文雅，林远山本来是有些生气的，可时间长了，特别是经过那次推心置腹的交谈后，渐渐觉得她格外可爱。

如果不是真心深爱一个人，又怎么会在意他是否真心快乐。

“外公最好了，才舍不得打我呢。”文雅从保姆手中接过轮椅，一边推着林远山往前走，一边继续道，“外公真厉害，爷爷还比您小了两岁呢，可看精气神，比您可差远了呢。”

话音刚落，就听身后传来一声重重的咳嗽，紧接着是陆明启低沉的声音：“你这丫头，又背地里说我什么呢？”

爷爷？

文雅愣了愣，转身就见陆明启拄着小拐棍站在不远处，翘着小胡子，一副又吃醋又受到心灵伤害的模样。

“爷爷，您来了呀。真是稀客，来，快来里边坐。”文雅一边打哈哈，一边不动声色地瞪了陆逸寒一眼。

这家伙真是的，都不能提醒她一下，让她被抓了个正着。

“你不用看他，他倒是想给你通风报信，哼。”陆明启留着两撇银白色的小胡子，说起话来一颤一颤的，“你倒是说说，我的精神头哪里就不如别人了？”

这两个老顽童打年轻时候起就互相看不上眼，一个嫌对方唯利是图满身铜臭味，另一个嫌弃对方刻薄古板不近人情，虽然拗不过儿女的心意勉强做了亲家，可二十多年来，见面的次数掰着手指头都能数过来。

当然，从成功争得陆逸寒的抚养权，以及陆明启主动登门拜访这两件事上来看，无论二十几年前还是现在，林远山都是完全占了上风的。

外公还真是个厉害的老人家呢。

本着大树底下好乘凉的原则，文雅毫不动摇地跟林远山统一战线，笑呵呵道："爷爷，您的精气神也很好，可跟外公比起来，的确稍稍有那么一点点欠缺，我这虽然有拍马屁的嫌疑，却也是实事求是哦。"

"你这鬼丫头，别以为躲得远我就打不到你。"

"你想打谁？"林远山瞅着陆明启，霸气护犊子，"在我家，还轮不到你来做主。"

两人对彼此向来是横挑鼻子竖挑眼，如今更是谁也不服气谁。陆明启冷哼道："丫头是我们陆家的孙媳妇，以后生了重孙那也是要姓陆的，你凭什么做主。"

陆明启不提这茬儿还好，这般提及，林远山更是不会示弱，当即回击道："姓陆有什么好的，跟着你早晚得学坏，我重外孙就得姓林，我亲自来教。"他想了想，似乎还觉得不解气，又补充道，"逸寒是我一手养大的，凭什么让你白得个孙子，逸寒要改姓林，现在就改。"

比嘴皮子，陆明启这辈子就没赢过：“你这个不讲道理的霸道老头儿，我才不要跟你在一个屋里待着。逸寒，咱们走，现在就走。”

亏他听说这老顽童最近身体有些不舒服，特意放下身段过来瞧瞧，原以为岁数大些能明白些事理，没承想却是越老越不可理喻，简直要气死他。

对于这样充斥着硝烟味儿的场面，陆逸寒从小到大已经司空见惯，有些无奈地劝了一句：“外公，来者是客。”

文雅帮着外公，他当然要帮着爷爷，否则爷爷真要气坏了。

“您来都来了，怎么能说走就走呢。”文雅跑上前，亲昵地挽过陆明启的胳膊，凑在他耳边小声哄道，“我炖的燕窝牛乳羹可是要出锅了，您要是现在走了，就全被外公喝光了哦。”

陆明启本就不是真想走，见陆逸寒和文雅都来劝，便也顺坡下驴，冷哼着在沙发上坐下。

“外公，您也来坐。”

“哼，我才不要和他这种人坐在一起。”林远山傲娇地扬了扬白花花的眉毛，坐到沙发另一侧，两人一左一右，大眼瞪小眼，不像亲家，倒像是来谈判的。

眼前这两个老顽童明明很想跟对方说话，却故意做出瞧不上对方的傲娇样儿，看得文雅忍不住就要笑出声来，跟陆逸寒使了个眼色，溜到厨房去了。

没了小辈儿在场，两个老顽童果然自在了不少。沉默片刻后，林远山难得发扬东道主精神，主动开口：“听说你都这么大岁数了还天天去公司，真是见钱眼开的老财迷，有本事你走的时候把钱带到棺材里去。”

就知道这霸道老头儿没什么好话。

“还不是怪你，要不是你固执地霸着逸寒，我早就清闲了，不过现在绍泽也能独当一面了，我过了年就退休。”陆明启突然想到什么，又幸灾乐祸地笑了起来，“早就说了强扭的瓜不甜，你就是固执地不肯听，怎么样，还不是在个小丫头片子面前甘拜下风了。你啊，这就叫自讨没趣。”

林远山没想到会“引火烧身”，反被陆明启嘲笑：“那是我愿意让他去追求理想。哼，你这种唯利是图的人，懂得什么是理想吗？”

“黄土都埋到脖颈了，还那么固执偏见，真是个无可救药的倔老头，哼！”

……

厨房里，陆逸寒忙着切菜，文雅陪在旁边吃水果，用她的话说，这叫各自发挥优势，珠联璧合。

外头，两个老顽童唇枪舌剑地斗个不停，文雅乐得从小窗里偷着看戏，时不时回头往陆逸寒嘴里喂颗草莓，轻笑道：“都说家有一老，如有一宝，这话真没错，咱家这俩老顽童凑在一起，简直一绝。”

这样的场面，陆逸寒最近可没少见，摇头苦笑：“还是算了。”

他可不想天天当矛盾调解员，更何况，无论向着哪一个，两个人都会齐齐不满，从而一致对外。

头疼。

陆逸寒头疼，再看旁边啃苹果的宋绍泽，也是一副有苦说不出的样子，一看就没少受夹板气。

文雅扑哧笑出声，在对方疑惑诧异的目光中，笑盈盈地解释：“你们就是太一本正经了，瞧着，我自有办法。”

见陆逸寒一脸疑惑，文雅狡黠一笑：“看我的。”对付老顽童嘛，只需要比他们更不讲理，一招制敌。

“丫头，你明明刚抽了一张牌，怎么能耍赖！”

“就是，就是，不能作弊！”

“我不，我就不，你们比我大那么多岁，就让让我嘛，我不管……”

陆逸寒宠溺的目光穿过玻璃落到文雅身上，无声无息地笑了。

番外一

/

岁月静好

“言姐姐，我想死你啦，我想吃红烧排骨、罗汉大虾，还有土豆丝……”

文雅兴奋地飞扑过去，想如寻常般给舒言一个大大的熊抱，然而她连舒言的头发丝都没摸到，就被江皓宸拽着卫衣后的帽子给拎住了：“就站这儿说，别毛手毛脚的。”

“皓宸哥，你也太小气了吧。”文雅抬头朝江皓宸翻了个白眼，“我只是抱言姐姐一下而已，又不会把她拐跑。”

“你倒真敢想。”江皓宸往前错了一步，顺势站到舒言和文雅中间，威胁意味十足，“你言姐姐这几天一闻到油烟味就恶心，想吃什么自己做。”

文雅虽然没怀过孕，但这点常识还是有的，瞬间眼眸一亮，欣喜道：“言姐姐，你怀孕啦，这么说，我很快就能有个小外甥玩啦？”

玩？

江皓宸俊颜一黑：“把我儿子当玩具，成心找打是不是？”

“哎呀，皓宸哥你好没趣，连个玩笑都开不得。”接触过几次，文雅已经很了解江皓宸的性子，一点儿也不害怕，朝他做了个鬼脸，趁势把自己可怜的帽子从对方手里拽出来，满脸好奇地盯着舒言的肚子瞧了又瞧。

舒言被她小心翼翼的模样逗笑了。舒言看了看站在不远处，目光始终紧紧锁定在文雅身上的陆逸寒，忍不住调侃："你这么喜欢孩子，干脆自己生一个，到时候带着几个孩子上房揭瓦，能混个孩子王。"

"我还是个孩子呢。"文雅脸红扑扑的，娇俏可爱，"你多生几个，皓宸哥当家庭'煮夫'，让他忙都忙不过来，再没空小气巴巴地不让我靠近你。"说罢，还不忘得意扬扬地朝江皓宸做个鬼脸。

对这个古灵精怪的小丫头，江皓宸一点法子也没有。他面无表情地扫了陆逸寒一眼："赶紧把人带走，别在这儿给我添堵。"

虽然知道江皓宸是开玩笑，舒言还是嗔怪地瞪了他一眼："怎么说话呢。"文雅说得没错，这家伙最近越发小气，无论谁想到自己跟前来，都要被他远远给拦回去，恨不得让自己与世隔绝了才好。

"看到没，我可是有后台的人，你甭想欺负我。"文雅得意地朝江皓宸笑了笑，亲昵地牵着舒言往厨房走，"言姐姐，你给我列个菜谱就行，本大厨今天好好给你们露一手。"

江皓宸觉得文雅比自己还要盲目自信，扬声调侃道："你小心着点儿，把我们家厨房炸了，可是要赔的。"

此言一出，立刻换来文雅鄙视的白眼："嘁，你以为我是你呢。"

文雅和舒言在厨房忙活，三位男士在客厅闲坐喝茶。江皓宸外祖父跟陆明启和林远山的交情都不错，江皓宸跟陆逸寒、宋绍泽也是从小就认识，说起公司里的事，夸赞道：“绍泽看起来吊儿郎当的，管理起公司却有模有样，倒是我小看他了。”

“绍泽跟着爷爷长大，从小耳濡目染，绝对是个生意天才。”陆逸寒开了间沙画工作室，经常天南地北出去巡演，根本顾不上其他。

宋绍泽有什么不懂的都去找江皓宸商量，这会儿说起来，感激道：“皓宸哥，谢谢你。”

“咱们之间，还用说这些吗？”江皓宸笑笑，随口转了话题，“你呢，真舍得让她进司法系统？”

“司法系统”这四个字所带来的阴影陪伴了陆逸寒二十几年，可冥冥之中，却也是这四个字，让他明白了这世间的爱不仅仅是索取，还有理解包容。

这或许，也是解铃还须系铃人的一种吧。

陆逸寒心里感慨万千，话说出口时却异常坚定：“只要她喜欢的，我都会支持。”

“你们聊什么呢，吃饭啦！”文雅欢快的声音响起，“陆逸寒你快来看，我切的土豆丝跟你切的一样细哦！”

陆逸寒回给文雅一个明媚的微笑：“好。”

在他们身后，江皓宸温柔的目光亦落到舒言身上，两人相视一笑。

辰光漫长，岁月静好。

番外二

/

flag 不要随便立

结婚后，陆逸寒和文雅没有搬去宽敞明亮的复式婚房，而是一直住在法大家属院那间小小的一室一厅里。用文雅的话说，这里烟火气息浓郁，更有家的感觉。

陆逸寒工作时间灵活，没有演出的时候，就窝在家里研究菜谱，粉蒸牛肉、香辣虾、红烧肉、剁椒鱼头变着花样做，在陆逸寒的连番投喂下，文雅一个月胖了八斤。

“秤坏了！一定是秤坏了！”文雅捂着眼睛，不愿面对事实。

厨房里，刚出锅的红烧排骨，香气四溢。

“陆逸寒，都怪你把我喂胖了！”文雅跑进厨房，从后面抱住陆逸寒的腰，委屈巴巴地撒娇。

陆逸寒放下锅，握着文雅的手往自己脸上蹭了蹭，语气中满是宠溺：“胖点儿可爱，胖点儿有福气。”

“才不是，你都没胖。”文雅仔细照照镜子，发现自己的脸肉眼可见地圆了一圈，再看陆逸寒，却半点儿变化都没有，腹肌甚至比之前还要紧实。

明明吃着同样的饭菜，结果却只有她一个人长胖，简直没天理！

为了打破这种严重不公平的局面，文雅攥紧拳头立下 flag——节食减肥！

陆逸寒笑笑没说话，只是晚餐时多做了两个菜。

“真不吃？”

“不吃，你休想诱惑我。”文雅白了陆逸寒一眼，继续窝在沙发里啃西红柿。

“今天的猪手香辣入味，清蒸鲥鱼又鲜又香，一根刺都没有，还有土豆炖鸡……”

文雅被陆逸寒说得直咽口水，偏偏香味还一个劲儿往鼻子里钻。

忍住。

忍住。

算了，只吃一小块，就一小块。

可是……十分钟后，文雅看着一不小心被吃空的盘子，欲哭无泪。

陆逸寒这家伙，就是她减肥路上的绊脚石！

节食不成，只能靠运动。从那之后，法大操场上多了两个晨练的身影，他们穿着白色情侣款运动服，并肩跑步。

文雅工作忙碌，长期缺乏锻炼，才跑了两圈就气喘吁吁，干脆停下来耍赖：“跑不动了。”

“是谁说要减肥的？”

在法院，文雅是干练严谨的女法官，在陆逸寒面前，依旧是那个长不大的小姑娘。她撒娇耍赖：“真跑不动了，你背我跑。”

陆逸寒无可奈何：“你减肥还是我减肥？”

文雅摇晃着陆逸寒的袖子继续撒娇：“不嘛不嘛，人家就要你背。”

“这可是你说的。”

“嗯。”

话音未落，陆逸寒已是拦腰把文雅捞了起来，扛在肩上往前跑。

文雅头朝下，只觉得一阵天旋地转，气急败坏道：“陆逸寒，快放我下来！”

这可是学校，要让师弟师妹看到，她的光辉形象全毁了。

陆逸寒语气里满是得意：“是你要背的。”

“我要背，不是扛！”

“那就换个姿势。”

“喂！放我下来！”

不远处，师弟师妹们看到这一幕，一边叹气一边摇头，可怜他们招谁惹谁了，大早上跑个步都要被塞一嘴狗粮，这个世界对单身狗太不友好了！

【完】